LE MASQUE
Collection de romans d'aventures
créée par
ALBERT PIGASSE

# CES CHOSES-LÀ NE SE FONT PAS

Née à Londres en 1930, Ruth Rendell est d'abord journaliste, puis publie son premier roman, *Un amour importun,* en 1964. Elle est aujourd'hui un des plus grands auteurs de romans policiers, à mi-chemin entre Agatha Christie et Patricia Highsmith.

Elle a obtenu trois Edgar Poe Awards, le Prix du meilleur roman policier anglais avec *Meurtre indexé* en 1975, le Prix de la Crime Writers Association pour *L'Enveloppe mauve* en 1976, le National Book Award en 1981 pour *Le Lac des Ténèbres,* le Silver Dagger Award en 1985 pour *Un enfant pour un autre,* le Gold Dagger Award, en 1986 pour *L'Homme à la tortue,* et en 1987 pour *L'été de Trappelune,* écrit sous le nom de Barbara Vine. En France, elle a obtenu le Prix du Roman d'Aventures en 1982 pour *Le Maître de la lande.*

## *DU MÊME AUTEUR*

### *DANS LE MASQUE :*

QUI A TUÉ CHARLIE HATTON ?
FANTASMES
LE PASTEUR DÉTECTIVE
L'ANALPHABÈTE
L'ENVELOPPE MAUVE
CES CHOSES-LÀ NE SE FONT PAS
ÉTRANGE CRÉATURE
LE PETIT ÉTÉ DE LA SAINT-LUKE
REVIENS-MOI
LA BANQUE FERME À MIDI
UN AMOUR IMPORTUN
LE LAC DES TÉNÈBRES
L'INSPECTEUR WEXFORD
LE MAÎTRE DE LA LANDE
(Prix du Roman d'Aventures 1982)
LA FILLE QUI VENAIT DE LOIN
LA FIÈVRE DANS LE SANG
SON ÂME AU DIABLE
MORTS CROISÉES
UNE FILLE DANS UN CAVEAU
ET TOUT ÇA EN FAMILLE...
LES CORBEAUX ENTRE EUX
UNE AMIE QUI VOUS VEUT DU BIEN

### *DANS LE CLUB DES MASQUES :*

QUI A TUÉ CHARLIE HATTON ?
L'ANALPHABÈTE
LA DANSE DE SALOMÉ
MEURTRE INDEXÉ
LA POLICE CONDUIT LE DEUIL
LA MAISON DE LA MORT
LE PETIT ÉTÉ DE LA SAINT-LUKE
L'ENVELOPPE MAUVE

Ruth Rendell

# CES CHOSES-LÀ NE SE FONT PAS

Traduit de l'anglais par Gérard de Chergé

Librairie des Champs-Élysées

*Ce recueil de nouvelles a paru sous le titre original :*

THE FALLEN CURTAIN AND OTHER STORIES

# Sommaire

## CES CHOSES-LA NE SE FONT PAS

« Ces choses-là ne se font pas! »

Telle est la dernière réplique de *Hedda Gabler*. Dans la pièce d'Ibsen, l'un des personnages prononce cette phrase avec un air d'incrédulité, comme étonné de s'apercevoir que la réalité peut parfois dépasser la fiction. Personnellement, je comprends fort bien ce qu'il ressent.

Les faits sont là : Reeve Baker va purger quinze années de prison pour le meurtre de ma femme, et j'ai joué un rôle dans l'affaire. Mais je n'arrive pas encore tout à fait à y croire. Ces choses-là ne se font pas.

Et pourtant...

Pour moi, la vie réelle n'avait jamais dépassé la fiction. Elle avait toujours été calme, agréable et routinière, et tous les gens que je connaissais allaient leur petit bonhomme de chemin exactement comme moi. Tous, sauf Reeve. C'est d'ailleurs, sans doute, le contraste entre nos modes de vie qui fut à l'origine de notre amitié : il est bien connu que les contraires s'attirent. Souvent, je disais à Gwendolen :

– Reeve doit trouver notre style de vie bien terne, tu ne penses pas?

C'était un ami commun qui m'avait recommandé à Reeve lorsque celui-ci s'était mis dans un invraisemblable pétrin financier et avait eu des ennuis avec le fisc. Etant le comptable attitré de bon nombre d'écrivains, j'étais habitué à leur attitude irresponsable face à l'argent – attitude dont ils se justifient par le biais du « tempérament artiste », alors qu'il s'agit, en fait, de fraude fiscale délibérée. J'avais donc été en mesure de tirer Reeve de ce mauvais pas et de lui montrer comment s'y prendre pour rester plus ou moins solvable. Pour me prouver sa reconnaissance, il nous avait invités au restaurant, Gwendolen et moi; par la suite, nous l'avions convié à dîner à la maison, et nous étions ainsi devenus tous les trois d'excellents amis.

Les écrivains et leurs méthodes de travail exercent toujours une certaine fascination sur les gens ordinaires comme moi. Je n'arrive pas à comprendre où ils vont chercher leurs idées, sans parler du reste : la construction de l'intrigue, la peinture des personnages et l'agencement des dialogues. Reeve, lui, s'en débrouillait très bien : il pouvait indifféremment situer ses romans dans le cadre de la Cour de Louis XV, dans l'Italie médiévale ou pendant la Guerre de Sécession. J'avais lu ses neuf romans historiques et admiré ce que vous appelleriez sa « virtuosité ». Mais si je les avais lus, c'était uniquement pour lui faire plaisir car je n'aimais que les romans policiers – à l'exclusion de tout autre genre littéraire.

Comme le disait Gwendolen, c'était étonnant que Reeve parvienne à mettre tant de drame dans ses livres, lui qui vivait perpétuellement dans le drame. On aurait pu croire qu'il s'en débarrassait sur le papier; en réalité, je pense que ses héros n'étaient qu'un portrait de lui-même – déguisé, selon les cas, en César Borgia ou en Casanova. Ce n'était certainement pas un hasard s'il choisissait des personnages grands, séduisants et brillants, véritables bourreaux des cœurs. Reeve avait divorcé avec sa femme un an avant que nous fassions connaissance, et depuis lors il avait eu toute une brochette de maîtresses : des mannequins, des actrices, des hôtesses de l'air, des secrétaires, des journalistes, des institutrices, des femmes P-DG – et même une dentiste. Un soir qu'il nous avait invités à dîner chez lui, il nous avait fait écouter un air de *Don Giovanni* – l'un des personnages auxquels Reeve s'était identifié par le biais de l'écriture. Ce morceau s'appelait *L'Air du Catalogue* et faisait l'inventaire de tous les types de femmes que Don Juan avait aimées : des blondes, des brunes, des rousses, des jeunes, des vieilles, des riches, des pauvres – et la nomenclature se terminait approximativement ainsi : « Tout ce qui porte un jupon, chacun sait l'usage qu'il en fait. » C'est drôle, je me souviens même de la phrase en italien : *Purche porti la gonnella voi sapete quel che fa.* A ce moment-là, le chanteur éclatait de rire – du rire déplaisant d'un séducteur – et Reeve riait lui aussi, en disant que cet air lui réchauffait le cœur.

Je suis vieux jeu, je le sais bien. Je suis conventionnel. Pour moi, le sexe est réservé aux couples mariés, et je ne peux m'empêcher de considérer comme un secret honteux les rares liaisons que j'ai eues avant mon mariage. Je n'avais jamais imaginé que des gens puissent réellement faire l'amour avec quelqu'un d'autre que leur conjoint; je pensais qu'il s'agissait simplement de vantardises. Je le croyais vraiment. Aussi, quand Reeve parlait de sortir avec une nouvelle fille, je pensais naïvement qu'il voulait dire « la sortir », un point c'est tout. L'accompagner au restaurant, par exemple, danser un peu et puis la raccompagner en taxi jusque chez elle – avec, à la rigueur, un baiser sur la joue au moment de la quitter. Mes illusions s'envolèrent un dimanche matin, lorsque je téléphonai à Reeve pour lui demander s'il voulait venir prendre un pot à la maison avant le déjeuner. Il avait l'air à moitié endormi, et on entendait une fille glousser derrière lui. A un moment donné, je l'entendis chuchoter :

– Mets quelque chose sur toi, mon chou, et va nous préparer du café, tu veux? J'ai un sacré mal de tête.

J'en parlai à Gwendolen.

– Et alors? dit-elle. Tu t'attendais à quoi?

– Je ne sais pas... Je pensais que tu serais choquée.

– Il est beau garçon et il n'a que trente-sept ans. Je

ne vois pas pourquoi il se priverait des plaisirs de la vie. – Elle ajouta cependant, légèrement rougissante : – Je suis quand même un peu choquée... Que veux-tu, il a une façon différente de voir les choses.

Cela ne nous empêcha pas de continuer à fréquenter Reeve. Nous devînmes de plus en plus intimes avec lui, si bien qu'il en vint à laisser tomber ses petits mensonges destinés à sauver les apparences vis-à-vis de nous. Il se mit à nous raconter, sans la moindre gêne, des anecdotes de sa vie amoureuse passée et présente : celle de cette femme mariée qui l'avait caché deux heures durant dans sa penderie en attendant le départ de son mari; celle de cette fille exagérément possessive qui n'avait pas accepté la rupture et qu'il avait retrouvée le soir même nue dans son lit, alors qu'il avait ramené chez lui une nouvelle petite amie; celle de la fille qui était venue lui emprunter un kilo de sucre et était restée toute la nuit... Il y avait de tout : des brunes, des blondes, des bouclées, des frisées, des riches, des pauvres... *Purche porti la gonnella voi sapete quel che fa.*

– C'est un autre monde, disait Gwendolen.

– Question d'éducation, soupirais-je.

Nous étions spécialisés dans les clichés de ce genre. Notre vie elle-même n'était qu'un vaste cliché : nous habitions un joli pavillon de banlieue, garni de meubles solides et de tapis inusables. Nous avions chacun notre voiture. Je partais au bureau à huit heures et demie du matin et rentrais à la maison à six heures du soir. Gwendolen faisait le ménage et les courses, et organisait des petits goûters pour ses amies. Le soir, nous regardions la télévision et allions nous coucher à onze heures au plus tard. Il me semble avoir été un bon mari. Je n'ai jamais oublié d'offrir à Gwendolen des roses pour son anniversaire et de faire ma part de vaisselle. Elle, de son côté, était une excellente épouse, assez romanesque mais pas très sensuelle. En tout cas, elle ne se montra jamais sensuelle avec moi.

Elle gardait toutes les cartes de vœux que je lui

envoyais, ainsi que les lettres écrites à l'époque de nos fiançailles. Gwendolen était de ces femmes qui collectionnent avec un soin jaloux les petits souvenirs. Elle conservait dans le tiroir de sa coiffeuse, entre autres reliques, le menu du restaurant où nous avions fêté nos fiançailles, une carte postale de l'hôtel où nous avions passé notre nuit de noces, l'album relié en cuir des photos de notre mariage, sans compter tout un tas de photos de nous prises en diverses occasions. Oui, elle était vraiment romanesque, et elle avait du mal à admettre l'insensibilité de Reeve.

– Mais vous ne pouvez pas faire ça à une fille qui vous aime! protesta-t-elle lorsqu'il nous annonça son intention de partir en vacances sans prévenir sa petite amie. Vous allez lui briser le cœur.

– Elle n'a pas de cœur, ma pauvre Gwendolen. Les femmes n'en ont pas. Elles ont à la place une machine très perfectionnée, qui tient à la fois du télescope, du détecteur de mensonges et du scalpel.

– Vous êtes cynique, rétorqua mon épouse. Si jamais vous tombez vraiment amoureux un jour, vous verrez l'effet que ça fait!

– Pas nécessairement. Comme l'a fort bien dit Shaw : « Ne faites pas aux autres ce que vous voudriez que les autres vous fassent, car nous n'avons pas tous les mêmes goûts. »

– Il n'existe certainement aucune femme qui aime être bafouée.

– Elle aurait dû y penser avant d'essayer de prendre ma vie en mains. Non, c'est décidé, je vais disparaître un moment. En fait, je ne compte pas vraiment partir. Je vais faire provision de surgelés et de whisky, et puis je dirai à tout le monde que je pars pour une quinzaine de jours – alors que je serai tranquillement chez moi à me la couler douce. Je l'ai déjà fait plusieurs fois dans des situations analogues : ce n'est pas désagréable du tout, et ça me permettra de rattraper le travail en retard.

Gwendolen ne trouva rien à répondre à cela – et je

dois dire que moi non plus. Mais peut-être vous demandez-vous, étant donné la moralité élastique de Reeve, ce que je pouvais bien lui trouver de plaisant? Honnêtement, j'ai du mal à m'en souvenir. Son charme, peut-être, ou son hospitalité à toute épreuve; son ignorance des choses financières, qui le faisait m'admirer, moi qui m'y connaissais; sa façon de me parler comme si nous étions réellement des égaux, des hommes du même monde – mais un monde dont j'aurais choisi la meilleure part. Lorsque nous l'invitions à l'une de nos mornes petites réceptions, c'était lui qui sauvait la soirée de l'ennui et se mettait en quatre pour distraire les convives. Plus important encore, il était le seul de nos amis à ne pas être comptable, directeur de banque, notaire ou médecin généraliste. Nous avions ses livres bien en vue sur nos étagères; nos amis nous les empruntaient et racontaient ensuite à leurs amis qu'ils avaient rencontré chez nous le grand Reeve Baker. Reeve nous donnait un certain *cachet,*(1) qui nous haussait quelques centimètres au-dessus de la bourgeoisie moyenne, juste de quoi nous rendre intéressants.

Peut-être, à cette époque, aurais-je dû me demander ce qu'il pouvait bien nous trouver.

Ce fut au bout d'un an que je remarquai pour la première fois une certaine tension entre Gwendolen et Reeve. L'aimable badinage dont ils avaient pris l'habitude au fil des jours cessa brusquement, sans motif apparent. Lorsque nous étions tous les trois ensemble, ils se parlaient par mon intermédiaire, comme si j'étais leur interprète. Un soir, je me décidai à demander à Gwendolen si Reeve avait fait quelque chose pour lui déplaire.

– Qu'est-ce qui te fait penser cela? me répondit-elle, interloqué.

(1) En français dans le texte (N.D.T.).

– Tu as toujours l'air d'être fâchée contre lui.

– Dans ce cas, c'est bien involontaire. Je vais essayer de faire attention.

Elle avait aussi changé avec moi. Parfois, elle tressaillait quand je la touchais, et il y avait dans sa façon de faire l'amour une sorte d'apathie qui ne laissait pas de m'inquiéter.

– Mais enfin, que se passe-t-il? lui demandai-je à la suite d'un échec d'autant plus cuisant qu'il était sans précédent.

– Que veux-tu, soupira-t-elle, nous ne sommes plus tout jeunes. Il ne faut pas trop en demander.

– Ecoute, tu as trente-cinq ans et moi trente-neuf. Nous ne sommes pas encore gâteux, que diable!

Elle baissa la tête, l'air malheureux. Ces derniers temps, elle était devenue maussade, difficile à vivre. Quoiqu'elle n'ouvrît pas la bouche en présence de Reeve, elle parlait beaucoup de lui quand il n'était pas là, saisissant le moindre prétexte pour s'interroger sur son caractère. Pourtant, inexplicablement, elle parut fâchée de recevoir, le jour de notre dixième anniversaire de mariage, une carte de vœux signée de lui et adressée à nous deux. Quant à moi, bien sûr, pour marquer l'événement, je lui avais fait porter des roses. Or, à la fin de la semaine, alors que je cherchais dans la corbeille à papiers une facture que j'avais égarée, je trouvai – en quatre morceaux – la carte d'anniversaire que j'avais écrite à Gwendolen pour accompagner les roses.

Tous ces petits détails, je les avais remarqués. L'ennui, c'est que je n'avais pas suffisamment d'expérience pour les additionner et en tirer les conclusions qui s'imposaient. J'étais incapable de deviner pourquoi ma femme n'était jamais là quand je lui téléphonais l'après-midi et pourquoi elle ne cessait de s'acheter de nouvelles robes. Je prenais note, je me posais des questions, mais c'était tout.

J'avais remarqué aussi que Reeve ne parlait plus du tout de ses petites amies.

— Il devient enfin adulte, disais-je à Gwendolen.

A quoi elle répondait avec un chaleureux enthousiasme :

— Oui, je le crois vraiment!

Mais elle se trompait. Il avait simplement pris trois mois de « vacances » chez lui, en toute abstinence. C'était du moins ce que je croyais, jusqu'au jour où, alors que nous étions seuls tous les deux, il me parla d'une nouvelle petite amie — une « splendide poulette » de vingt ans, qu'il avait rencontrée dans une soirée une semaine plus tôt.

— Ça ne durera pas, Reeve, lui dis-je.

— J'espère bien. D'ailleurs, personne ne le souhaite.

Certainement pas Gwendolen, en tout cas. Lorsque je lui en parlai, elle fut d'abord incrédule, puis consternée; et quand je lui dis que je ne lui en aurais pas parlé si j'avais su que ça la bouleverserait à ce point, elle me répondit avec humeur qu'elle ne voulait plus entendre parler de Reeve. Après cela, elle se montra encore plus agressive et nerveuse — déprimée, aussi. Plusieurs fois, il m'arriva de rentrer le soir en trouvant la maison vide, sans rien de préparé pour le dîner; sur le coup de neuf heures, elle rentrait, l'air hagard, en disant qu'elle était sortie se promener. Je finis par l'envoyer chez notre médecin, lequel lui prescrivit des tranquillisants qui la déprimèrent encore davantage.

Cela faisait des siècles que je n'avais pas vu Reeve. Un beau jour, il me téléphona au bureau pour m'annoncer qu'il partait trois semaines dans le sud de la France.

— Dans l'état où sont tes finances? m'étonnai-je. — J'avais eu les plus grandes difficultés à le convaincre de payer une partie de ses arriérés d'impôts, et je savais qu'il serait pratiquement à sec jusqu'à ce qu'il ait obtenu une avance sur son nouveau livre. — Le coût de la vie est assez élevé dans le sud de la France, si je ne me trompe?

— Je me débrouillerai, dit-il. Le directeur de ma banque est un de mes fidèles lecteurs.

Gwendolen ne parut pas très surprise d'apprendre que Reeve partait en vacances. (Reeve m'avait précisé qu'il partait seul; la « splendide poulette » était maintenant de l'histoire ancienne). Elle se contenta de dire que cela lui ferait le plus grand bien de se reposer sans avoir tout un essaim de filles autour de lui.

A l'époque où j'avais fait la connaissance de Reeve, il louait un appartement en meublé. Je l'avais convaincu par la suite d'en acheter un pour réaliser un bon placement. C'était un appartement situé au rez-de-chaussée d'une grande maison victorienne, dans une rue de Bayswater. Normalement, je ne passais pas par cette rue pour me rendre à mon bureau; mais parfois, quand la circulation était dense, je prenais un autre itinéraire qui me faisait passer devant sa maison. C'est ce que je fis un matin, deux semaines après son départ pour le sud de la France. Machinalement, je jetai un coup d'œil sur les fenêtres de son appartement, comme on le fait toujours quand on passe devant chez un ami, même quand on sait que cet ami n'est pas chez lui. Sa chambre était située sur le devant; seule la moitié supérieure de la fenêtre était visible, l'autre étant cachée par un talus. Je remarquai que les rideaux étaient tirés. Je n'y prêtai pas beaucoup d'attention, me disant simplement que c'était une invitation pour les cambrioleurs. Deux jours plus tard, je passai de nouveau par là, très lentement cette fois car il y avait un embouteillage monstre. De nouveau, je regardai la fenêtre de Reeve. Les rideaux n'étaient plus complètement tirés; il y avait entre eux un espace d'une dizaine de centimètres. Ce n'était certainement pas un cambrioleur qui s'était amusé à tirer les rideaux; j'en conclus que Reeve était rentré plus tôt que prévu.

Comme la circulation n'avait pas l'air de s'améliorer, je garai ma voiture et allai sonner à la porte de Reeve, histoire de me faire offrir une tasse de café avant d'aller travailler. Pas de réponse. Mais lorsque je regardai encore une fois la fenêtre, en sortant, je m'aperçus que les rideaux avaient de nouveau bougé depuis dix minutes. Intrigué, j'allai sonner à l'appartement du dessus. Une femme en peignoir vint m'ouvrir.

– Je m'excuse de vous déranger, dis-je, mais savez-vous par hasard si Mr. Baker est rentré?

– Il ne doit pas rentrer avant samedi, me répondit-elle.

– Vous en êtes sûre?

– J'ai glissé lundi un papier sous sa porte pour le prévenir que j'ai un paquet pour lui; s'il était rentré, il serait venu le chercher, non?

– Savez-vous s'il a pris sa voiture?

– Evidemment qu'il l'a prise! Mais pourquoi ces questions? Qu'est-ce qu'il a fait?

Je lui dis qu'à ma connaissance il n'avait rien fait du tout, et elle me claqua la porte au nez. Très pénétré de mon rôle de détective – comme dans mes romans policiers favoris – je descendis l'allée conduisant aux garages particuliers des locataires. On n'y voyait pas grand-chose à travers les petits carreaux en verre dépoli, mais je pus tout de même distinguer, dans le garage de Reeve, une tache verdâtre qui ne pouvait être que sa Fiat. Alors je compris tout. Il n'était pas parti; il devait être en ce moment allongé sur son lit, en train de travailler à son livre ou de boire un whisky – ou les deux. Eh bien, rirait bien qui rirait le dernier! Dès samedi, j'irais prendre de ses nouvelles et lui poser des questions insidieuses sur son merveilleux séjour dans le sud de la France, jusqu'à ce qu'il soit contraint de m'avouer n'avoir pas quitté Londres une minute.

Gwendolen mettait le couvert lorsque je rentrai à la maison ce soir-là. J'avais décidé de la mettre au courant de la plaisanterie, mais elle n'eut pas la réaction que j'escomptais. Quand je lui dis que la voiture de Reeve était toujours dans le garage, elle me regarda avec stupéfaction et le sang se retira de son visage. Elle s'assit, laissant glisser sur ses genoux les couteaux et les fourchettes qu'elle tenait à la main.

– Qu'y a-t-il? m'écriai-je. Qu'est-ce qui ne va pas?

– Comment peut-il être aussi cruel? Comment peut-il faire une chose pareille?

– Tu connais l'opinion de Reeve sur les femmes en général... D'ailleurs, ce n'est pas la première fois qu'il fait le coup; il nous l'a dit lui-même.

– Je vais lui téléphoner, décida-t-elle, frissonnante.

Fébrilement, elle forma le numéro sur le cadran. J'entendis la sonnerie à l'autre bout du fil.

– Il ne répondra pas, dis-je. Si j'avais su que ça te mettrait dans un état pareil, je ne t'en aurais pas parlé.

Sans répondre, sans s'occuper des casseroles sur le feu et du couvert à moitié mis, elle courut dans le hall. Presque immédiatement, j'entendis claquer la porte d'entrée.

Je sais que j'ai la compréhension lente, mais je ne suis quand même pas stupide. Dans ma situation, n'importe quel mari aurait senti que quelque chose n'allait pas. De là à imaginer une liaison... Non. Je pensai simplement que Gwendolen devait éprouver un penchant romantique pour Reeve, une admiration inavouée, et qu'elle s'était sentie trahie, bafouée, en apprenant que son héros lui avait caché la vérité sur son départ, elle qui croyait connaître tous ses petits secrets. Il n'y avait vraiment pas là de quoi faire un drame.

Néanmoins, poussé par je ne sais quel besoin de me rassurer, je montai dans notre chambre pour jeter un coup d'œil dans le tiroir de la coiffeuse où elle conservait ses souvenirs. Cela n'avait rien d'indiscret : elle n'avait jamais fermé le tiroir à clef, pas plus qu'elle n'avait tenté de m'en dissimuler le contenu.

Elles étaient toutes là, ces pitoyables reliques de notre première rencontre, de nos fiançailles, de notre mariage... Entre deux lettres d'amour, il y avait un pétale de rose. Mais il y avait aussi, enveloppés dans un mouchoir de dentelle que je lui avais donné, un médaillon et un bouton. Le médaillon lui avait été légué par sa mère, mais la photo qu'elle contenait avait été remplacée par une autre, aisément identifiable : une photo d'identité de Reeve. Dans l'autre cavité du médaillon, il y avait une mèche de cheveux. Quant au bouton, je le reconnus tout de suite : il venait du blazer de Reeve. Il avait dû le perdre chez nous et Gwendolen, l'ayant trouvé, l'avait pieusement conservé. Les cheveux, noirs et bouclés, avec ça et là une touche de gris, appartenaient aussi à Reeve. Je remarquai qu'ils n'avaient pas été coupés; elle avait dû profiter de l'une de nos visites chez lui pour les prélever sur sa brosse à cheveux. Pauvre petite Gwendolen... Un court instant, je fus tenté de soupçonner Reeve, mais j'écartai rapidement ce terrible soupçon. Reeve, mon meilleur ami...? Allons donc! Il n'avait pas envoyé à Gwendolen la moindre lettre ni la moindre fleur. Non, en vérité, c'était elle – et elle seule – qui s'était bâti tout un scénario dans sa tête, imaginant des choses qui n'existaient pas. Et c'était à moi qu'il incombait de l'aider, de l'empêcher de s'humilier davantage.

Je glissai dans ma poche le bouton et le médaillon, avec l'intention de m'en servir pour lui faire honte de ses enfantillages. Elle n'avait pas pris la voiture; elle avait horreur de conduire dans le centre de Londres. Je pris la mienne et me rendis à la station de métro où je savais qu'elle descendrait.

Elle arriva un quart d'heure plus tard, marchant d'un pas vif et jetant des petits coups d'œil inquiets à droite et à gauche. Lorsqu'elle me vit, elle réprima un hoquet et s'arrêta net, la main sur la bouche.

– Monte, chérie, lui dis-je doucement. Je voudrais te parler.

Elle monta sans prononcer une parole. Je pris la route de Bayswater et pénétrai dans le parc, où je garai ma voiture sous un platane. Puis, comme elle ne disait toujours rien, je commençai :

– Gwendolen, il faut que tu saches que je te comprends. Nous sommes mariés depuis dix ans, et je suis un type plutôt terne. Reeve, lui, est drôle, brillant... ce n'est pas du tout étonnant que tu t'imagines avoir le béguin pour lui.

Elle me regarda avec hostilité.

– Je l'aime et il m'aime.

Je frissonnai – mais ce n'était pas dû à la fraîcheur du soir.

– C'est absurde! m'écriai-je. Il suffit qu'il te fasse un peu de charme pour que...

– Je veux divorcer, m'interrompit-elle.

– Mais enfin, tu connais à peine Reeve! Tu n'as même jamais été seule avec lui!

– Ah, tu crois ça? ricana-t-elle. Eh bien, sache que Reeve est mon amant depuis six mois! Je lui appartiens, corps et âme. Et je vais lui dire qu'il n'a plus besoin de se cacher des femmes, parce que je resterai toute la vie avec lui.

Bouche bée, je la dévisageai dans la pénombre.

– Je ne te crois pas, murmurai-je. – Et pourtant, si, je la croyais. – Tu veux vraiment me quitter...? Toi, ma femme?

– Je vais devenir la femme de Reeve. Je suis la seule à le comprendre, la seule avec qui il puisse parler librement. Il me l'a dit lui-même avant... avant de partir.

– Tu oublies seulement qu'il n'est pas parti. – Il y avait devant mes yeux une vaste étendue rouge, comme un lac de sang. – Espèce d'idiote! hurlai-je, ne comprends-tu pas que c'est de *toi* qu'il se cache? Il n'a qu'une envie, c'est d'être débarrassé de toi, comme il s'est débarrassé des autres. Il ne t'aime pas, ne t'a jamais aimée! La preuve, c'est qu'il ne t'a pas donné le plus petit cadeau – pas même une photographie. Si tu vas chez lui maintenant, il ne t'ouvrira pas. Tu es bien la dernière personne qu'il laisserait entrer!

– Je vais le rejoindre! cria-t-elle en se débattant avec la portière. Je vais le rejoindre et vivre avec lui. Quant à toi, je ne veux plus te revoir!

Finalement, je rentrai chez moi – seul. Gwendolen ne me revit jamais; son vœu était exaucé.

Comme elle n'était toujours pas rentrée à onze

heures, j'appelai la police. Ils me demandèrent de me rendre au commissariat pour remplir une déclaration, mais visiblement ils ne prenaient pas mes craintes très au sérieux. C'est à croire que dès qu'une personne de l'âge de Gwendolen disparaît, ils considèrent comme acquis qu'elle s'est enfuie avec un homme. Ils me prirent cependant tout à fait au sérieux quand, le lendemain matin, un gardien du parc la retrouva étranglée dans les buissons.

Nous étions jeudi. Les policiers voulurent savoir ce que Gwendolen avait pu aller faire aussi loin de chez elle; ils me demandèrent les noms et les adresses de tous nos amis. Connaissions-nous quelqu'un à Kensington, Paddington ou Bayswater, une personne habitant dans les environs du parc? Le plus naturellement du monde, je répondis :

– Je ne vois guère que Reeve Baker. Vous savez, l'écrivain... – Je leur donnai l'adresse. – Mais il est actuellement en vacances, depuis trois semaines. Il ne doit rentrer que demain.

Ce qui se passa ensuite, je l'appris par les comptes rendus du procès – le procès de Reeve, accusé du meurtre de ma femme. Le samedi matin, la police se rendit à son domicile pour l'interroger. Je ne pense pas qu'ils l'aient soupçonné dès le début; ce point n'a d'ailleurs aucune importance. Le fait est qu'ils allèrent le voir pour lui poser diverses questions sur notre vie privée – et l'amateur de romans policiers que je suis ne pouvait pas ignorer qu'ils agiraient ainsi.

Malheureusement pour lui, les flics avaient déjà parlé à certains de ses voisins. Or, Reeve avait laissé croire à tout le monde qu'il était vraiment parti. Le laitier et le facteur étaient prêts à jurer qu'il s'était absenté trois semaines. Aussi, quand les policiers commencèrent à l'interroger là-dessus et qu'il comprit à quoi tendaient leurs questions, il paniqua. Il n'osa pas leur dire qu'il était allé en France : ils n'auraient eu aucune difficulté à prouver le contraire. Alors, que faire? Dire la vérité. Il leur expliqua donc qu'il avait monté ce bobard d'un voyage à l'étranger pour échapper aux avances d'une femme. Quelle femme? Il refusa de répondre, mais la voisine du dessus s'en chargea à sa place. Elle avait souvent vu Gwendolen entrer dans l'appartement l'après-midi; elle les avait entendus se quereller, Gwendolen protestant de son amour pour lui, Reeve hurlant qu'il ne se laisserait pas étouffer, qu'il ferait n'importe quoi – *n'importe quoi* – pour échapper à son emprise.

Naturellement, il n'avait aucun alibi pour la soirée du mercredi; pourtant, le juge et les jurés purent constater qu'il avait fait de son mieux pour s'en forger un de toutes pièces. Les romanciers ont toujours tendance à laisser vagabonder leur imagination, c'est bien connu...

La culpabilité de Reeve fut définitivement établie – s'il en était encore besoin – par les trois pièces à conviction qui furent produites devant le tribunal : le blazer de Reeve, dont un bouton manquait sur la manche droite; le bouton manquant, et une mèche de cheveux. Le bouton avait été trouvé près du cadavre de Gwendolen; les cheveux, entre ses doigts crispés...

En fin de compte, mes lectures m'auront bien servi. Mais je n'ai plus lu un seul roman policier depuis la mort de ma femme. Ça ne se fait pas, j'imagine, après une chose pareille.

## ON N'EST JAMAIS TROP PRUDENT

Della Galway sortit en compagnie d'un homme pour la première – et presque dernière – fois de sa vie le jour de ses dix-neuf ans. Tandis qu'ils pénétraient dans le restaurant, après que son chevalier servant eut garé sa voiture, elle lui demanda s'il avait pensé à verrouiller les portières et le coffre. Comme il répondait par la négative et rebroussait chemin pour réparer cet oubli, elle lui demanda pourquoi il n'avait pas équipé sa voiture d'un antivol au volant.

Della avait été élevée dans le culte de la prudence. Lorsqu'elle quitta la petite ville de province où elle avait connu une enfance heureuse et protégée, elle emporta avec elle à Londres les recommandations de ses parents. Au début, ses maigres économies ne lui permirent de louer qu'une simple chambre meublée. Le fait de voir les autres locataires rentrer tard le soir en laissant la porte d'entrée simplement fermée au loquet la bouleversait. Quoique sa chambre fût au dernier étage de la maison et qu'elle ne possédât aucun objet de valeur, elle restait toute la nuit assise dans son lit, en sueur, incapable de trouver le sommeil. Au bureau, c'était la même chose : personne ne se souciait des mesures de sécurité les plus élémentaires. Della était toujours la dernière à partir, après avoir vérifié deux ou trois fois que toutes les portes du bureau étaient bien fermées à clef.

Un jour, le chef du personnel lui suggéra de consulter un psychiatre.

Della était très ambitieuse. Licenciée d'économie, elle avait un diplôme commercial et s'était classée première au terme de ses cours de secrétariat. Elle savait qu'un psychiatre lui trouverait quelque chose d'anormal – il leur fallait bien gagner leur vie comme tout le monde – et qu'elle devrait subir de longues séances de traitement qui ne lui seraient d'aucune utilité pour atteindre le but qu'elle s'était fixé : devenir la première femme P-DG de la compagnie. Les psychiatres ne peuvent comprendre ce genre de choses.

– Ce ne sera pas nécessaire, répondit-elle de sa voix incisive. Je pense simplement qu'avec tout ce matériel coûteux, on devrait faire plus attention. Mais s'ils veulent absolument se faire cambrioler, c'est leur affaire.

A partir de ce jour, elle cessa de vérifier la fermeture des portes; cela ne lui coûta pas trop car sa propre sécurité n'était pas en jeu. Trois semaines plus tard, deux hommes s'introduisirent par effraction dans les bureaux, emportèrent toutes les machines à écrire électriques et mirent l'ordinateur hors d'usage. Cela prouvait qu'elle avait raison mais elle se garda bien de le faire remarquer. La menace du traitement psychiatrique l'avait tellement effrayée qu'elle ne fit plus jamais allusion, au bureau, à sa crainte maladive des cambrioleurs.

Lorsqu'elle obtint une promotion et une augmentation, elle décida de prendre un appartement à elle. La propriétaire, Mrs Swanson, était une femme selon son cœur, et Della lui plut immédiatement. Mrs. Swanson entreprit de lui expliquer les dispositifs de sécurité.

– Le quartier est très agréable, Miss Galway, mais le taux de criminalité de Londres ne cesse d'augmenter. Comme je le dis toujours : on n'est jamais trop prudent.

Della put lui assurer en toute franchise qu'elle partageait sans réserve cette opinion.

– C'est pourquoi, poursuivit Mrs. Swanson, je garde cette barrière verrouillée de l'intérieur. La porte de derrière, donnant sur cette petite cour, doit aussi être fermée à clef et au verrou. Comme vous pouvez le constater, la fenêtre de la salle de bain donne sur le jardin; je tiens donc à ce que la porte du jardin et celle de la salle de bain soient aussi fermées à clef la nuit.

– Sage précaution, approuva Della, tout en remarquant que des vis avaient été fixées au cadre de la fenêtre de la chambre – une fenêtre à guillotine – de sorte qu'on ne pouvait l'ouvrir de plus d'une quinzaine de centimètres. – A combien s'élève le loyer, m'avez-vous dit?

– Vingt livres par semaine.

Mrs. Swanson était avant tout une femme d'affaires; voyant que Della hésitait, elle ajouta :

– C'est un appartement avec jardin et entrée indépendante, et vous avez le téléphone. Je n'aurai aucune difficulté à le louer. D'ailleurs, une personne doit venir le visiter à deux heures.

Della n'hésita pas plus longtemps. Elle emménagea à la fin de la semaine, après avoir fourni des références à Mrs. Swanson et lui avoir assuré qu'elle était une jeune femme tranquille, très prudente et pas du tout encline à recevoir la nuit des « personnes non autorisées ». Par « personnes non autorisées », Mrs. Swanson entendait : des hommes. Depuis l'épisode de la voiture, le jour de ses dix-neuf ans, Della avait, à titre d'essai, tenté de se lier d'amitié avec des hommes, mais aucun ne l'avait sortie plus de deux fois et aucun ne s'était permis d'autre familiarité qu'un baiser sur la joue. Della ne comprenait pas la raison de cet état de choses. Elle s'était toujours montrée polie et agréable, insistant pour payer son écot, prenant soin de porter elle-même son manteau, son sac à main et ses paquets, de façon à ne pas importuner son chevalier servant, surveillant jalousement le portefeuille et les clefs de son compagnon, avec le constant souci de lui éviter tout embarras et de ne pas le retenir trop tard. Le fait que tous ces hommes l'aient laissée tomber l'un après l'autre impressionnait fort peu Della. Aucune émotion d'ordre sexuel ne l'avait jamais effleurée, et l'idée de partager avec un homme sa vie réglée comme du papier à musique ne l'enthousiasmait guère. Tous les hommes – excepté son père, naturellement – étaient des créatures négligentes, désordonnées et sans énergie. D'ailleurs, Della entendait « arriver » par elle-même. Un jour peut-être, quand elle aurait trente-cinq ans et serait devenue P-DG de la compagnie, si un homme calme et prudent se présentait... Mais pour le moment, Mrs. Swanson n'avait aucun souci à se faire.

Della était très heureuse de son nouvel appartement, lequel était extrêmement tranquille puisque situé à l'arrière de la maison. Elle n'entendait jamais aucun bruit chez les voisins et ceux-ci, naturellement, n'entendaient jamais aucun bruit chez elle. Elle les rencontrait parfois lorsqu'ils passaient devant sa porte pour sortir de la maison. On aurait dit des souris détalant dans leur trou après avoir échangé un bref signe de tête et un « bonsoir ». C'était ainsi que les choses devaient être. L'appartement, lui aussi, était exactement comme il devait être.

De jour, le studio ressemblait à un simple living-room car le lit, encastré dans un renfoncement du mur dissimulé par un rideau, était rabattu seulement pour la nuit. L'unique fenêtre donnait sur la cour, que Della n'utilisait jamais. Elle ne déverrouillait jamais la barrière latérale ni la porte de derrière, pas plus, cela va sans dire, qu'elle ne tentait de défaire les vis pour ouvrir davantage la fenêtre.

Le soir, après avoir lavé la vaisselle, rangé la cuisine, pris son bain et rabattu le lit, elle se livrait à sa ronde de sécurité, comme son père avait l'habitude de le faire à la maison. Elle commençait par déverrouiller la porte de derrière, traversait la cour pour vérifier que le loquet de la barrière était bien assujetti. Il l'était toujours, pour la bonne raison que personne n'y touchait, mais Della aimait s'en assurer par elle-même; il lui arrivait souvent d'aller vérifier plusieurs fois, pour le cas où ses yeux l'auraient abusée. Ensuite, elle fermait à clef et au verrou la porte de derrière, celle du jardin et celle de la salle de bain. Toutes ces portes s'ouvraient sur une petite pièce carrée – Mrs. Swanson l'appelait la chambre du jardin – laquelle, à son tour, pouvait être barricadée à partir d'une autre porte communiquant avec la cuisine. Della regrettait un peu de ne pouvoir fermer à clef la porte séparant la cuisine de la chambre à coucher, mais par suite d'un oubli de la part de Mrs. Swanson, celle-ci ne comportait pas de serrure. Heureusement, la porte d'entrée du studio proprement dit était munie d'une solide serrure Yale; avant de se mettre au lit, Della la fermait à clef et au verrou. Alors seulement, elle se sentait en sécurité.

Il lui arrivait bien quelquefois de se relever au cours de la nuit pour être tout à fait tranquille mais en règle générale, à ce stade des opérations, elle glissait dans un sommeil paisible, convaincue que même le cambrioleur le plus rusé ne pourrait entrer.

Il n'y avait qu'un seul point noir : le loyer.

– En fait, lui expliqua Mrs. Swanson, cet appartement est prévu pour deux personnes. Avant vous, il y avait un couple marié, et encore avant, il était occupé par deux femmes.

– Je ne pourrais pas partager mon lit, dit Della en réprimant un frisson. Ni ma chambre, d'ailleurs.

– Si vous trouviez une amie agréable pour habiter avec vous, je ne verrais aucun inconvénient à installer un lit dans la chambre du jardin. Votre amie pourrait alors passer par la barrière, à la condition formelle que vous me *promettiez* de toujours mettre le verrou la nuit.

Della n'avait aucune envie d'insérer une petite annonce pour trouver une co-locataire. On n'est jamais trop prudent. Pourtant, il lui faudrait bien dénicher quelqu'un si elle voulait pouvoir s'offrir des vêtements d'hiver neufs, sans parler du chauffage de l'appartement. Et il faudrait que ce soit une personne convenable, susceptible de plaire à la fois à Mrs. Swanson et à elle...

– Ooh, mais c'est a-do-rable! s'écria Rosamund Vine. Si calme, si propre! Et en plus, tu as un jardin! Si tu avais vu le taudis dans lequel j'habitais jusqu'ici... il était infesté de souris!

– Il n'y a pas de souris ici, rétorqua Della avec humeur. Evidemment, il ne faut pas laisser traîner de la nourriture partout...

– Ce n'est pas mon genre, je fais toujours très attention. Donc, je paie la moitié du loyer et je dispose de la clef de la porte de derrière, c'est bien ça? Ainsi, je ne te dérangerai pas si je rentre tard le soir.

– J'espère que tu ne rentreras pas à l'aurore, dit Della. Mrs. Swanson est très stricte sur ce point.

– Ne t'inquiète pas, la rassura Rosamund d'un ton un peu amer. Je n'ai personne pour me retenir le soir. D'ailleurs, le dernier bus passe à minuit moins le quart.

Della chassa ses dernières hésitations; quant à Mrs. Swanson, après avoir interrogé Rosamund, elle déclara n'avoir aucune réserve à formuler. Elle se fit un point d'honneur d'expliquer elle-même à Rosamund les dispositifs de sécurité; la jeune fille l'écouta avec attention, en hochant énergiquement la tête. Della fut soulagée de n'avoir pas à s'en charger, car elle ne voulait pas que Rosamund aille raconter au bureau des histoires impossibles sur elle. C'était tout aussi bien que Mrs. Swanson ait pris sur elle de le faire.

Rosamund Vine avait été choisie avec tout le soin que Della apportait aux choix qu'elle faisait. Il avait fallu trois semaines d'observation et de pourparlers pour la sélectionner. Il fallait éviter de trouver quelqu'un disposant d'un salaire trop bas ou, au contraire, occupant une position trop élevée au sein de la firme. Della ne voulait pas d'une fille spectaculairement belle, car ce genre de personne mène une vie dissipée; ni d'une fille trop intelligente, qui pourrait l'entraîner dans d'interminables et harassantes discussions. Une fille portée sur l'élégance encombrerait les placards de vêtements et la salle de bain de produits de beauté. Une fille artiste apporterait des instruments de musique, des métiers à tisser, tout un matériel de peinture ou des tombereaux de bouquins. De toutes les candidates, seule Rosamund s'était qualifiée. Petite, calme et jolie, elle était secrétaire à la firme où travaillait Della et était la fille d'un pasteur qui se trouvait avoir fait ses études à la même université que le père de Della, à la même époque. Della, qui avait un peu la même attitude que ces employeurs puritains qui se renseignent sur les « amoureux » de leur bonne avant de l'engager, remarqua qu'elle n'avait jamais entendu Rosamund faire allusion à un petit ami, ni surpris aucun commérage au bureau concernant sa vie amoureuse.

Les deux jeunes filles s'installèrent avec délices dans la vie commune. Elles sortaient rarement le soir; Della allait régulièrement se coucher à onze heures pile, heure à laquelle Rosamund réintégrait sa chambre. Il se présentait alors une petite difficulté : lorsque Rosamund se trouvait dans la chambre du jardin – nécessairement assise sur le lit car il n'y avait pas de place ailleurs – il était impossible à Della de procéder à sa ronde de sécurité. Une fois seulement, elle avait essayé de le faire sous l'œil de Rosamund.

– Ma parole, s'était écriée Rosamund, on se croirait à Fort Knox! Toutes ces serrures, ces verrous... De quoi donc as-tu si peur?

– Mrs. Swanson veut que toutes les issues soient barricadées, avait répondu Della.

Mais le lendemain soir, après avoir préparé deux boissons chaudes et enjoint à Rosamund de l'attendre dans la chambre du devant, Della se glissa dans la cour pour se livrer à une secrète vérification.

Lorsqu'elle revint, elle trouva Rosamund occupée à examiner sa table de chevet.

– Pourquoi mets-tu tout ainsi en ordre, Della? Ton livre à angle droit par rapport à la table, ton paquet de cigarettes à angle droit par rapport à ton livre, ton cendrier bien au centre...

– C'est parce que je suis une personne naturellement ordonnée.

– C'est drôle que tu fumes. Avant de venir habiter ici, je ne me serais jamais doutée que tu t'adonnais à ce vice. Ça ne colle pas avec ta personnalité. Et ce verre d'eau... Tu as l'habitude de boire de l'eau la nuit?

– Pas toujours, expliqua patiemment Della. Mais au cas où j'en aurais envie, je ne veux pas avoir à me lever pour en chercher au robinet.

Les questions de Rosamund ne déplaisaient pas à Della; cela montrait que la jeune fille était désireuse de bien faire. Della lui enseigna qu'une chambre devait être nettoyée chaque jour, le réfrigérateur dégivré une fois par semaine, la table dressée pour le petit déjeuner avant qu'elles aillent se coucher, toutes les fenêtres hermétiquement fermées. Elle démontra à Rosamund que les mansardes où elle avait précédemment habité ne pouvaient rivaliser avec le présent confort; mais elle reçut un choc quand Rosamund lui fit clairement comprendre que dans certaines de ces mansardes elle avait vécu avec un homme. Dieu merci, Rosamund dut se rendre compte de sa muette désapprobation, car elle s'abstint d'entrer dans les détails. Néanmoins, peu après, elle commença à sortir le soir.

Della ne voulait pas savoir où elle allait ni avec qui. Elle avait amplement de quoi occuper ses propres soirées, que ce fût avec le travail qu'elle rapportait chez elle, les divers travaux ménagers, la lettre bi-hebdomadaire qu'elle écrivait à ses parents ou l'espagnol commercial qu'elle apprenait par disques. C'était donc plutôt un soulagement pour elle de n'avoir pas à subir la présence de Rosamund. En outre, cela lui permettait de faire sa ronde en toute tranquillité. Evidemment, elle ne pouvait pas fermer la barrière avant le retour de Rosamund; celle-ci devait nécessairement rester déverrouillée, ainsi que la porte de derrière, dont Rosamund avait la clef. Mais tous les soirs, entre dix heures et minuit au plus tard, Della entendait la barrière s'ouvrir et se refermer; elle entendait Rosamund s'arrêter pour pousser les verrous, puis traverser la cour sur la pointe des pieds. La clef tournait dans la serrure de la porte de derrière, qui se refermait aussitôt, et la clef tournait de nouveau dans la serrure. Della pouvait alors dormir en paix.

Le premier problème se posa lorsque Rosamund, certain soir, rentra en oubliant de verrouiller la barrière derrière elle. Della tendit l'oreille dans l'obscurité, persuadée que les verrous n'avaient pas été poussés. Même si la porte de derrière était bien fermée, il était impensable de laisser toute la nuit cette barrière fermée simplement au loquet. Elle enfila son peignoir, traversa la cuisine et entra dans la chambre du jardin. Rosamund était déjà couchée, ses vêtements épars sur le couvre-pieds. Della les ramassa et les plia avec soin. Elle revenait de la cour après avoir poussé les verrous, lorsque Rosamund s'assit dans son lit et s'enquit d'une voix ensommeillée :

– Qu'est-ce qui se passe? Tu n'arrives pas à dormir?

– Mrs. Swanson ne dormirait certainement pas de la nuit si elle savait que tu avais laissé la barrière ouverte, répondit Della avec un petit rire ironique.

– C'est vrai? Franchement, Della, je ne sais plus ce que je fais la moitié du temps. Je ne peux penser qu'à Chris. C'est un homme merveilleux; nous sommes fous l'un de l'autre. Il a transformé ma vie.

Les soirées suivantes furent consacrées à la description du merveilleux Chris, si brillant – quoique pour le moment incapable de trouver un emploi à la mesure de ses talents –, si bien élevé, si amusant – mais si pauvre qu'il en était réduit à habiter la chambre d'un ami, profitant de ce que cet ami était en voyage. Della écoutait en souriant et en émettant de temps à autre une remarque appropriée, mais cette conversation l'ennuyait ferme. Chaque fois qu'elle se levait pour tenter d'écouter un de ses disques d'espagnol, Rosamund repartait sur une nouvelle facette de l'étonnante personnalité de Chris. En désespoir de cause, Della se décida à lui dire qu'elle avait la migraine et désirait rester seule un moment.

– De toute façon, conclut Rosamund, tu le verras demain. Je l'ai invité à dîner ici.

Malheureusement, il se trouva que c'était justement le jour où Della allait dîner chez sa tante à l'autre bout de la ville. Lorsqu'elle rentra ce soir-là, Della put juger, d'après le désordre de la cuisine, que les deux amoureux s'étaient bien amusés en son absence. Elle ne détestait rien tant que de voir des assiettes humides laissées à sécher. Profitant de ce que Rosamund dormait, Della se glissa dans la cour et vérifia la bonne fermeture des verrous.

– Je t'ai entendue te promener très tard, dit Rosamund le lendemain matin. Quelque chose n'a pas passé?

– Non. J'ai simplement eu du mal à m'endormir, parce que je me suis couchée plus tard que d'habitude.

– Tu es vraiment une drôle de fille! gloussa Rosamund.

Ce soir-là, elle manqua le dernier bus.

Della avait passé une agréable soirée à étudier le rapport annuel de la firme et à faire des exercices d'espagnol. A onze heures elle était au lit, plongée dans les mémoires d'une femme qui avait terminé sa carrière comme P-DG d'une grande société. Elle éteignit sa lampe de chevet à la demie et attendit dans le noir le grincement de la barrière.

Son réveil avait des aiguilles lumineuses; lorsqu'elles indiquèrent minuit moins dix, Della commença à sentir sur son corps de désagréables picotements. Elle ralluma sa lampe, l'éteignit aussitôt. Elle ne voulait pas que Rosamund, rentrant à l'improviste, l'accable de questions idiotes ou de commentaires sans intérêt. Mais Rosamund ne rentra pas et les aiguilles du réveil se fixèrent sur le chiffre douze. Il n'y avait plus de doute : le dernier bus était passé et Rosamund ne l'avait pas pris.

Il ne fallait quand même pas que cette idiote se croie tout permis. Puisque c'était ça, Della allait verrouiller elle-même la barrière et Rosamund n'aurait qu'à passer la nuit dehors. Elle serait bien capable de sonner à la porte – elle était assez inconsciente pour ça – mais cela ne lui servirait à rien. Della préférait de beaucoup être réveillée à une ou deux heures du matin plutôt que de rester dans son lit en sachant cette barrière ouverte. Elle enfila son peignoir, traversa la cuisine et entra dans la chambre du jardin. Rosamund avait accroché un horrible rideau devant la porte – pas exactement un rideau, mais plutôt une sorte de couverture indienne d'une propreté douteuse. Della le souleva avec dégoût... et s'immobilisa : comment allait-elle s'y prendre pour verrouiller la barrière? La porte de derrière, donnant sur la cour, était fermée à clef et Rosamund avait emporté la clef.

Une fille de ressources comme Della n'allait pas s'avouer vaincue pour si peu. Elle n'aurait qu'à sortir par la porte de devant, contourner la maison et... mais non, ça ne marcherait pas non plus. Si elle ouvrait la barrière et la verrouillait de l'intérieur, elle se retrouverait tout bonnement enfermée dans la cour. La seule solution était de passer par la fenêtre. Della essaya désespérément de retirer les vis du cadre, mais elles étaient solidement fixées : rien à faire de ce côté. Tremblante, elle s'assit sur le bord de son lit et alluma une cigarette. Pour la première fois de sa vie, elle se trouvait en pleine nuit dans un endroit peu sûr, seule dans un appartement londonien, sans autre protection que la malheureuse serrure de la porte de derrière que n'importe quel cambrioleur débutant pourrait forcer en deux minutes.

Quelle criminelle négligence de la part de Mrs. Swanson de n'avoir pas fait poser une serrure sur la porte séparant la chambre de la cuisine! Il n'y avait dans la pièce aucun meuble suffisamment lourd pour bloquer la porte. Elle avait bien le téléphone près de son lit, mais si jamais elle entendait un bruit suspect et appelait la police, auraient-ils le temps d'arriver avant qu'elle ait été assassinée et le studio saccagé?

A défaut d'autre chose, Mrs. Swanson avait fourni un couteau à viande d'aspect redoutable. Della alla le chercher à la cuisine et le glissa sous son oreiller; cette présence la réconforta un peu. Mais si elle ne se réveillait pas lorsque l'homme entrerait? Si...? Allons, c'était ridicule, elle ne dormirait certainement pas. Epuisée, tremblante, au bord de la nausée, elle se glissa sous ses couvertures, prit une profonde inspiration et éteignit la lampe. Peut-être, si aucune lumière n'était allumée, l'intrus passerait-il devant elle sans la voir et poursuivrait son chemin. Et si elle n'était pas déjà morte de peur à ce moment-là...

A une heure vingt, alors qu'elle s'apprêtait à téléphoner pour se faire emmener en taxi à l'hôtel, la barrière grinça et Rosamund entra dans la cour. Della se laissa retomber sur ses oreillers; elle était tellement soulagée qu'elle ne se sentit pas la force de sortir vérifier les verrous. Mais que se passerait-il si la barrière n'était pas verrouillée? Le cambrioleur devrait d'abord traverser la chambre du jardin, donc tuer Rosamund en premier. Della s'aperçut qu'elle se moquait éperdument de ce qui pouvait arriver à Rosamund. Seule importait sa propre sécurité.

Elle se leva à six heures et demie pour remettre le couteau à sa place. Elle prenait son petit déjeuner, la mine renfrognée, lorsque Rosamund fit son apparition à huit heures.

— J'ai raté le dernier bus. Il a fallu que je prenne un taxi.

— Tu aurais pu téléphoner, maugréa Della.

— Ça alors! Tu parles exactement comme ma mère. Ç'a déjà été assez dur de se lever et... (Rosamund rougit et mit la main sur sa bouche). Je veux dire, de sortir, d'attraper ce taxi et... Oh, et puis zut, je ne suis pas rentrée si tard que ça!

Le petit lapsus de Rosamund n'avait pas échappé à Della, mais celle-ci était trop fatiguée pour entamer une discussion. Elle se contenta de lui répéter que Mrs. Swanson serait très ennuyée si elle venait à apprendre l'incident, et elle demanda à Rosamund de bien vouloir la prévenir la prochaine fois. Rosamund lui fit alors remarquer qu'elle serait bien en peine de la prévenir puisqu'elle-même était incapable de prévoir l'heure de son retour. Della n'insista pas. D'ailleurs, à quoi servirait-il de savoir à quelle heure rentrerait Rosamund, puisqu'elle ne pensait jamais à verrouiller la barrière?

Trois jours plus tard, Della piqua une violente colère. Les deux dernières nuits, Rosamund avait encore manqué le dernier autobus. Le plus drôle, c'est qu'elle ne paraissait pas du tout lasse ni surmenée, alors que Della était exténuée. Pendant trois heures, la veille au soir, elle était restée assise dans son lit, les doigts crispés sur le manche du couteau, tandis que la vieille maison murmurait et que la barrière grinçait au vent.

– Je me demande pourquoi tu prends encore la peine de rentrer à la maison, dit-elle à Rosamund.

– Ça ne t'ennuierait pas que je ne repasse pas par ici?

– Pas du tout. Fais comme tu veux.

Furtivement, avant que Rosamund ne quitte l'appartement par la porte de devant, Della se glissa dehors et verrouilla la barrière. Rosamund, naturellement (imprudente comme elle était) ne vérifia pas la barrière avant de fermer à clef la porte de derrière. A dix heures, Della sombra dans un profond sommeil auquel elle fut arrachée, juste après deux heures, par un bruit sourd à la barrière suivi d'une sonnerie frénétique à la porte de devant.

– Tu m'as enfermée dehors! sanglotait Rosamund. Même ma mère n'a jamais fait ça! J'étais enfermée dehors, seule dans la rue et je suis gelée! Que t'ai-je fait pour que tu me traites ainsi?

– Tu avais dit que tu ne reviendrais pas cette nuit.

– Oui, mais nous sommes sortis et Chris avait oublié sa clef. Il a dû aller dormir dans un asile. J'aurais mieux fait d'y aller, moi aussi!

A l'évidence, songea Della, Chris et Rosamund formaient la paire; ils étaient parfaitement assortis. Malgré l'heure tardive – deux heures et demie du matin – c'était le moment ou jamais de mettre les choses au point.

– Je crois que nous allons devoir trouver un autre arrangement, Rosamund, dit-elle de son ton incisif de maîtresse d'école. Ton style de vie est trop différent du mien; nous ne pouvons continuer ainsi. Tu peux rester ici jusqu'à ce que tu aies trouvé un autre endroit où aller, mais je vais commencer dès maintenant à chercher quelqu'un d'autre.

– Mais enfin, qu'est-ce que j'ai *fait*? Je n'ai jamais amené mes amis ici, pour pas te déranger. Je ne me suis même pas servie de ton téléphone – pas une seule fois. Honnêtement, Della, j'ai fait de mon mieux pour entretenir le studio; j'en suis presque morte de fatigue!

– Je t'ai expliqué ce qui ne va pas : nous sommes trop différentes.

– Bien. Je partirai samedi. J'irai chez ma mère... de toute façon, ça ne pourra pas être pire qu'ici. Ensuite, peut-être que Chris et moi...

– Pour le moment, tu ferais mieux d'aller te coucher, coupa froidement Della.

Mais elle fut elle-même incapable de trouver le sommeil. Elle s'en voulait de s'être trompée à ce point sur le caractère de Rosamund et se demandait ce qu'elle allait faire pour la question du loyer. Il allait falloir se mettre en quête d'une nouvelle co-locataire : une veuve, peut-être, ou une célibataire entre deux âges...

Une chose qu'elle était bien décidée à ne pas avouer à Rosamund, même à la toute dernière extrémité, c'était son anxiété au sujet de la barrière. Le seul réconfort qui lui restait était la certitude que Rosamund la croyait forte, équilibrée et raisonnable. Mais le fait de garder ce secret pour elle lui causait une angoisse presque insupportable. Car Rosamund semblait croire que sa seule présence était un embarras pour Della; chaque soir, elle s'arrangeait pour quitter l'appartement avant le retour de Della, et chaque fois elle sortait en laissant la barrière ouverte et la porte de derrière fermée à clef. Dans ces conditions, Della n'avait aucun moyen de savoir si Rosamund rentrerait par le dernier bus, prendrait un taxi ou serait ramenée par Chris aux petites heures. Elle ne savait même pas si Chris habitait près ou loin... Elle s'en voulait à présent de n'avoir pas prêté une oreille plus attentive aux confidences de Rosamund et de ne pas lui avoir posé quelques questions. Sur le moment, elle s'était contentée de penser avec un frisson combien ce devait être désagréable de coucher avec un homme, et elle s'était demandée si elle pourrait jamais faire face à cette éventualité.

Chaque soir, elle glissait le couteau sous son oreiller, avec d'autant moins de honte qu'elle avait appris par un voisin que la maison d'à côté avait été cambriolée et son occupante – une vieille dame – assommée. Rosamund rentra une fois à une heure, une fois à deux heures et demie, et une fois elle ne rentra pas du tout. Della avait de grosses poches sous les yeux et son teint virait au gris. Au bureau, elle s'endormait sur sa machine à écrire alors que Rosamund, l'œil vif, toute pimpante, régalait ses amies avec l'histoire de son grand amour.

Heureusement, il ne restait plus qu'une nuit à supporter...

Rosamund avait laissé un mot pour prévenir qu'elle ne rentrerait pas et qu'elle verrait Della le lendemain soir, en passant prendre ses valises pour les emporter chez sa mère. Mais, une fois de plus, elle avait oublié de verrouiller la barrière. Della envisagea sérieusement de la verrouiller elle-même, puis de passer par-dessus pour rentrer dans la maison, mais la barrière était trop haute pour elle et n'offrait aucune prise. De plus, il n'y avait pas d'échelle. Elle n'avait donc d'autre ressource que de commencer sa veille – avec les cigarettes, le verre d'eau, le téléphone et le couteau à viande. Ç'aurait dû être plus facile cette nuit-là, la dernière – justement parce que c'était la dernière. Pourtant, cette nuit-là fut pire que la pire des précédentes. Allongée dans le noir, Della pensait à la vieille dame d'à côté, à la maison qui était exactement la même que celle d'à côté, au cambrioleur qui connaissait maintenant le meilleur moyen d'entrer. Elle essaya de penser à autre chose, n'importe quoi, mais l'angoisse anéantit ses pitoyables efforts pour concentrer son esprit sur la journée du lendemain, son travail, son ambition, la liberté et la paix qui l'envahiraient demain, quand cette barrière serait fermée pour n'être jamais rouverte.

Rosamund avait dit qu'elle ne rentrerait pas, mais on ne pouvait se fier à elle. Della ne fut donc aucunement surprise (mais énormément soulagée) d'entendre s'ouvrir la barrière peu avant deux heures. Avec un soupir d'extase – car minuit était passé – elle tendit l'oreille pour saisir le claquement des verrous. Rien ne se produisit. Qu'à cela ne tienne : elle irait elle-même pousser les verrous une fois que Rosamund serait couchée. Elle entendit des pas glisser très doucement, la clef tourner dans la serrure de la porte de derrière. Rosamund mettait plus de temps que d'habitude; peut-être était-elle fatiguée – ou ivre?

Silence.

La porte de derrière grinça et émit des craquements étouffés, comme si Rosamund n'avait pas pris la peine de la refermer à clef. Della sortit péniblement de son lit et s'enveloppa dans son peignoir. Au même instant la lumière de la cuisine s'alluma, dessinant un rectangle jaune sur le panneau de la vieille porte. Ce n'était pas le genre de Rosamund d'entrer ainsi dans la cuisine en pleine nuit; généralement, elle se couchait tout de suite, sans même prendre le temps de faire un brin de toilette. Un long frisson parcourut Della. Le corps raidi mais tremblant, elle écouta : les pas traversaient la cuisine, la porte du réfrigérateur s'ouvrait.

Elle entendit le raclement d'un tiroir, un bruit d'argenterie. La porte d'un placard claqua. Elle voulut crier : « Rosamund, c'est toi? » mais elle n'avait plus de voix. Sa gorge était sèche. Soudain, affolée, elle pensa à une chose à laquelle elle n'avait encore jamais songé : comment pouvait-elle savoir – comment avait-elle pu être sûre jusqu'à présent – que c'était bien Rosamund, et non un cambrioleur, qui entrait dans l'appartement par la porte de derrière?

Quelqu'un toussota.

C'était une toux légère, comme quand on s'éclaircit la gorge. Mais c'était, sans erreur possible, la gorge *d'un homme.*

Il y avait un homme dans la cuisine.

Della oublia le téléphone. Elle se rappela – quoiqu'elle l'eût oubliée un moment – la vieille dame d'à côté. Une terreur aveugle la fit bondir vers le lit, plonger la main sous l'oreiller, saisir le couteau. Elle ouvrit la porte de la cuisine. Il était là : un homme grand, jeune et fort, debout sur le seuil avec l'argenterie de Mrs. Swanson dans une main et une lourde casserole dans l'autre. Della n'hésita pas. Elle leva le couteau et frappa de toutes ses forces, encore et encore, jusqu'à ce que le sang jaillisse sur les murs blancs et sur la jolie petite table dressée pour le petit déjeuner.

Le policier se montra très gentil avec Rosamund Vine. Il l'appela par son prénom et lui offrit une tasse de café – qu'elle but machinalement car elle n'en avait pas vraiment envie. Elle en avait déjà pris une tasse à l'hôpital, quand on lui avait appris la mort de Chris.

– Racontez-moi ce qui s'est passé hier soir, voulez-vous, Rosamund?

– J'étais sortie avec mon fiancé, Chris Maitland. Il avait oublié sa clef et ne savait où aller pour dormir. Alors, je lui ai dit de venir avec moi, en lui précisant bien qu'il lui faudrait partir tôt ce matin, avant... avant que Della soit levée. C'était extrêmement important.

Nous sommes donc rentrés vers deux heures, sans faire de bruit...

– Vous n'avez pas signalé votre présence?

– Non, nous pensions qu'elle dormait. Nous ne nous sommes pas parlé, même tout bas, mais il faut croire qu'elle nous a entendus. (Sa voix trembla un peu). Comme Chris avait faim, je lui ai dit d'aller faire un tour dans le frigo, à condition d'y aller sur la pointe des pieds. Je lui ai expliqué où se trouvaient les couverts et les assiettes, et puis je me suis couchée. Après, la seule chose que j'ai entendue, c'est ce cri horrible. Je me suis précipitée et... et Chris était... Il y avait du sang partout...

Le policier attendit qu'elle se calme.

– A votre avis, pourquoi l'a-t-elle attaqué avec ce couteau? demanda-t-il.

– Je ne sais pas.

– Je crois que si, Rosamund.

– Peut-être... (Rosamund baissa les yeux). Elle n'aimait pas me voir sortir.

– Elle avait peur de rester seule ici?

– Della Galway n'avait peur de rien, déclara Rosamund. Mrs. Swanson redoutait les cambrioleurs, mais pas Della. Tout le monde dans la maison savait que la voisine avait été assommée, et nous étions assez inquiets. Sauf Della. Elle ne m'en a même pas parlé, alors qu'elle devait être au courant.

– Elle n'a donc pas pu prendre Chris pour un cambrioleur?

Rosamund se mit à pleurer.

– Bien sûr que non! Elle a vu un homme... mon fiancé...Elle n'arrivait pas à s'en trouver un. Chaque fois que j'essayais de lui parler de Chris, elle prenait un air pincé, presque choqué. Quand elle nous a entendus rentrer cette nuit, elle a compris et... elle a perdu la tête. Ça l'a rendue folle. Au bureau, ils voulaient qu'elle aille voir un psychiatre. Je comprends pourquoi, maintenant...

En dépit de sa longue expérience, le policier frissonna. La crainte des cambrioleurs, il pouvait comprendre; mais *ça*...

– Elle en verra probablement un, dit-il.

Et il raccompagna chez sa mère Rosamund en pleurs.

## UNE ÉPOUSE VRAIMENT PARFAITE

La fille était suspendue par les mains à la balustrade d'un balcon, au onzième étage de l'immeuble voisin de celui où il habitait. Son appartement étant situé au huitième étage, il ne pouvait la voir à moins de lever la tête. Il était six heures et demie du matin. Il avait été réveillé par le grondement d'un avion volant à une altitude dangereusement basse, et il était sorti de son lit pour aller regarder par la fenêtre. Après avoir scruté le ciel bleu vide de tout nuage, son regard s'était posé – avec incrédulité – sur la silhouette suspendue.

Il crut d'abord qu'il rêvait – chacun sait que l'heure où le soleil se lève est propice aux rêves. Puis, quand il comprit qu'il ne rêvait pas, il pensa qu'il s'agissait du tournage d'un film. Il y avait certainement des cameramen qui filmaient la scène d'en bas, avec tout le matériel adéquat, et on pouvait être sûr que toutes les précautions d'usage avaient été prises. La fille n'était sans doute même pas une véritable actrice, mais un mannequin. Complètement réveillé à présent, il ouvrit la fenêtre et regarda en bas.

Le parking, les cours pavées, les espaces verts entre les immeubles – tout était désert. Sur la balustrade du balcon, l'une des mains du mannequin bougea, dans un effort désespéré pour raffermir sa prise. Il fut alors bien obligé de se rendre à l'évidence : la fille tentait de se suicider. Ou plutôt, elle avait voulu se tuer mais son courage l'avait abandonnée au dernier moment. Et maintenant, elle ne désirait plus qu'une chose : rester en vie. Toutes ces pensées ne lui prirent guère plus de trente secondes; après quoi, il passa à l'action. Il décrocha son téléphone et appela police-secours.

L'arrivée des voitures de police et le sauvetage de la fille donnèrent lieu à un flot de commérages de la part des locataires des deux immeubles. Et lorsqu'on découvrit que c'était lui qui avait alerté la police, il devint aussitôt – bien malgré lui – le héros du jour. C'était un jeune homme modeste et paisible, allergique aux feux de l'actualité. Aussi fut-il soulagé lorsque les commentaires se turent enfin et qu'il put de nouveau entrer et sortir de chez lui sans être chaudement félicité ou montré du doigt comme un nouveau Saint Georges.

Une quinzaine de jours après cette mémorable matinée, alors qu'il enfilait son pardessus pour se rendre au théâtre, on sonna à sa porte. Il ne reconnut pas la fille qui se tenait sur le seuil. Il n'avait jamais vu son visage.

– Je m'appelle Lydia Simpson, déclara-t-elle. Je suis venue vous remercier de m'avoir sauvé la vie.

Il se trouva fort embarrassé.

– Oh, vous n'auriez pas dû, dit-il avec un sourire nerveux. Vraiment, il ne fallait pas... Ce que j'ai fait, n'importe qui l'aurait fait.

Elle ne correspondait pas du tout à l'idée qu'il se faisait d'une désespérée qui a raté son suicide. Elle était si calme, si sereine...

– Mais personne d'autre ne l'a fait, dit-elle.

– Voulez-vous entrer? Vous prendrez bien un verre?

– Non, non, certainement pas. D'ailleurs, vous vous apprêtiez à sortir. Je voulais seulement vous dire un grand, un très grand merci.

– Ce n'est rien, je vous assure.

– Sauver la vie de quelqu'un, ce n'est rien? Je vous serai éternellement reconnaissante.

Il aurait bien voulu qu'elle se décidât à entrer ou à s'en aller, mais qu'elle ne reste pas plantée comme ça sur son paillasson. Ses voisins de palier allaient finir par sortir de chez eux, attirés par les voix, et il s'ensuivrait une nouvelle séance de congratulations à n'en plus finir.

– Il n'y a vraiment pas de quoi, dit-il avec désespoir. D'ailleurs, j'avais déjà presque oublié.

– Moi, je n'oublierai jamais. Jamais.

Son attitude à la fois calme et frémissante le mit mal à l'aise. Ce fut avec un profond soulagement qu'il la vit battre en retraite vers l'ascenseur, un sourire pensif sur les lèvres. Heureusement, il ne la reverrait pas de sitôt.

Le plus curieux, c'est qu'ils se rencontrèrent de nouveau le lendemain matin, à l'arrêt de l'autobus. Cette fois, elle s'abstint de revenir sur le fait qu'il lui avait sauvé la vie; elle se contenta de lui parler de son nouvel emploi – la raison pour laquelle elle se trouvait à l'arrêt de l'autobus à cette heure. Au bout d'un moment, ils s'aperçurent que ses nouveaux employeurs avaient leurs bureaux dans la City, à deux pas du sien, et étaient clients de la firme où il travaillait. Enchantés de cette coïncidence, ils se rendirent ensemble à leur travail. Lorsqu'il la quitta, ses sentiments envers elle avaient beaucoup évolué depuis la veille au soir. Il n'arrivait pas à croire qu'elle pût avoir trente ans (ce renseignement lui avait été fourni par les voisins); petite et menue comme elle l'était, avec sa peau très blanche et ses cheveux très blonds, elle paraissait beaucoup plus jeune.

Ils prirent l'habitude de voyager tous les matins par le même autobus. Parfois, aussi, ils se faisaient des signes de balcon à balcon. Un soir, ils se rencontrèrent par hasard au moment où elle sortait de son bureau avec une brassée de dossiers à étudier chez elle. Rose de confusion, elle lui avoua qu'elle ne les aurait pas emportés si elle avait su qu'ils étaient aussi lourds. Naturellement, il la déchargea de son fardeau et l'accompagna jusqu'à son appartement, où il resta boire un verre. Lorsqu'elle se leva pour aller préparer le dîner et lui demanda s'il voulait le partager avec elle, il accepta. Pendant qu'elle était à la cuisine, il prit son verre et monta sur le balcon. C'était étrange de penser qu'elle était venue ici, à l'aube d'un beau matin, avec l'intention de mettre fin à ses jours. Elle avait enjambé cette balustrade, éperdue de désespoir, puis elle avait perdu courage, effrayée par le vide et par la mort qui l'attendait en bas. Quand elle revint dans la pièce, il fut de nouveau frappé par sa fragilité, son évident besoin de protection.

L'appartement était bien rangé, d'une propreté irréprochable. Cela le changeait de la plupart des filles qu'il connaissait, qui vivaient dans de véritables dépotoirs. C'étaient des créatures indépendantes, « libérées », occupant des emplois naguère réservés aux hommes et considérant les travaux ménagers comme dégradants. Pour sa part, il avait été élevé par une mère excellente femme d'intérieur, et il aimait qu'un appartement fût bien tenu. Les meubles de Lydia étaient admirablement cirés. Si jamais elle l'invitait de nouveau chez elle, il faudrait qu'il pense à lui apporter des fleurs pour orner ces vases étincelants.

Après le dîner – excellent et fort bien présenté –, la bonne chère et l'alcool lui ayant momentanément fait oublier ses inhibitions, il demanda :

– Pourquoi avez-vous fait ça?

– Ma tentative de suicide, vous voulez dire? – Elle parlait d'une voix douce et égale, avec autant de sérénité que s'il lui avait demandé pourquoi elle avait changé d'emploi. – J'étais fiancée avec un garçon qui m'a quittée pour une autre. La vie ne valait plus le coup d'être vécue.

– Vous avez surmonté le choc maintenant?

– Oh, oui. Je suis contente que ça n'ait pas réussi. Je devrais plutôt dire : que vous ne m'ayez pas laissée réussir.

– Vous ne recommencerez plus?

– Quelle question! Je n'aurais aucune raison.

Il se sentit étrangement heureux.

– Il faut que nous déjeunions ensemble un de ces jours, dit-il au moment de prendre congé. Voyons... lundi, ce n'est pas possible. Que diriez-vous...?

– Nous ne sommes pas obligés de décider de cela maintenant. Nous nous revoyons demain matin.

Elle avait un sourire très doux. Il n'aimait pas les femmes agressives, anticonformistes. Lydia ne portait jamais de pantalons ni de mini-jupes, mais de longues et amples jupes à fleurs. Lorsqu'il la prenait par le coude pour lui faire traverser la rue, elle se cramponnait à son bras et ne le lâchait plus.

– Choisissez pour moi, disait-elle quand on lui présentait le menu au restaurant.

Elle ne fumait pas, ne buvait pas d'alcools forts et ne savait pas conduire. Il se demandait parfois comment elle arrivait à tenir le coup entre son travail – très astreignant – son loyer à payer et sa vie en solitaire. Elle était si délicieusement féminine, si attentionnée, si tendre... Un soir qu'il ne pouvait aller dîner chez elle en raison d'un travail urgent à terminer, il fut flatté de voir briller des larmes dans ses grands yeux gris. C'était la première soirée depuis trois semaines qu'ils ne passaient pas ensemble. Elle lui manqua tellement qu'il comprit qu'il était tombé amoureux d'elle.

Elle accepta sa demande en mariage, faite dans les règles et accompagnée d'un énorme bouquet de roses rouges.

– Bien sûr que je veux vous épouser. Ma vie est à vous depuis le jour où vous l'avez sauvée. J'ai toujours senti que je vous appartenais.

Il se marièrent très simplement, Lydia ne souhaitant pas de grande cérémonie. Ils formaient un couple idéalement assorti. Ils avaient tellement de choses en commun : le culte de l'ordre et de la tranquillité, des manières un peu démodées, de la pondération, des habitudes régulières... Ils avaient aussi les mêmes aspirations : un pavillon dans la banlieue nord-ouest, deux enfants. Mais pour le moment elle continuerait de travailler.

Stupéfait et ravi, il se demandait comment elle arrivait à entretenir leur nouvelle maison de façon aussi impeccable, à lui fournir chaque matin une chemise et des sous-vêtements propres, à lui servir chaque soir un repas préparé à la perfection. Il n'avait jamais été dorloté ainsi depuis qu'il était parti de chez sa mère. Voilà comment il appréciait les femmes : efficaces, discrètes, douces, compétentes, tendres et féminines... On aurait pu croire qu'un bataillon de domestiques invisibles et silencieux s'activaient dans la maison à longueur de journée.

Elle se levait à six heures tous les matins pour expédier les corvées avant de partir à son travail. Il lui proposa de prendre une femme de ménage mais elle s'y refusa obstinément, usant d'arguments qui ne pouvaient manquer de le toucher :

– Pour rien au monde je ne laisserais une autre femme s'occuper de tes affaires, mon chéri.

Elle était vraiment parfaite.

Ils se rendaient ensemble à leur travail, déjeunaient ensemble, rentraient à la maison ensemble, prenaient leurs repas ensemble, regardaient la télévision ou écoutaient de la musique ensemble, dormaient ensemble. Les week-ends, ils étaient tout le temps ensemble. D'un commun accord, ils avaient décidé d'équiper leur maison d'une machine à laver, d'un congélateur, d'un mixer, d'un aspirateur et d'une cireuse, et de la meubler avec raffinement, aussi bien en moderne qu'en ancien; pour ce faire, ils couraient les magasins ensemble le samedi.

Il était heureux. Voilà ce que devait être le mariage, voilà ce que signifiait la cérémonie religieuse : une seule chair, à l'exclusion de toute autre. En fait, il avait perdu contact avec la plupart des gens qu'il avait connus avant. Lydia n'était pas très sociable et n'avait pas d'amies. Il lui avait un jour demandé pourquoi.

– Quand des femmes bavardent ensemble, c'est uniquement pour dire du mal de leurs maris, avait-elle répondu. Or je n'ai aucun grief contre toi, mon chéri.

Ses amis à lui paraissaient un peu gênés par le luxe qu'elle déployait pour les recevoir, à grand renfort d'argenterie, de rince-doigts et de couteaux à fruits. Ou peut-être étaient-ils décontenancés par ses longs silences et cette façon qu'elle avait de jeter de fréquents coups d'œil à sa montre. Pourtant, il était bien naturel qu'elle fût désireuse de voir partir ses invités, de façon à rester seule avec son mari. Ils auraient pu comprendre cela et fermer les yeux. D'ailleurs, les clients de sa firme et leurs épouses n'étaient pas du tout gênés, eux. Alors? Ils auraient dû se sentir comblés. Ce n'était pas n'importe où – surtout dans une maison sans domestiques – qu'on leur servirait comme ici un dîner de cinq plats, délicieusement préparés et merveilleusement présentés. Bien sûr, cela obligeait Lydia à passer un temps fou à la cuisine, si bien qu'après le dîner elle était épuisée. Dans ces conditions il ne fallait pas s'étonner si elle se montrait un peu sèche avec le maladroit qui renversait du café sur la moquette toute neuve, ou si elle répliquait vertement à l'aimable – mais peu subtil – agent de change qui voulait à tout prix persuader son mari de participer à un week-end de golf entre hommes.

– Pourquoi se sont-ils mariés, demandait-elle – non sans raison – s'ils n'ont d'autre idée en tête que de fuir leurs femmes?

A son âge – trente-quatre ans – il aurait déjà dû recevoir une promotion au sein de sa firme. Cela faisait maintenant cinq ans qu'il y travaillait et il espérait être nommé directeur. Ils ne comprenaient pas, Lydia et lui, que ce poste tant convoité fût si long à venir.

– Je me demande si ce n'est pas parce que je ne vais pas boire un pot avec les autres après le travail.

– Ils doivent quand même bien comprendre qu'un homme marié ait envie de rentrer retrouver sa femme?

– Qui sait? J'aurais peut-être dû aller à cette partie de canotage. Mais les femmes n'étaient pas invitées et j'ai bien senti que ça t'ennuyait que j'y aille seul.

Il faut croire que cette absence de promotion était

due à de tout autres causes car quelque temps plus tard, alors qu'il commençait à désespérer, il obtint enfin son poste de directeur. Avec une augmentation de salaire, un bureau personnel et une secrétaire particulière. Seule ombre au tableau : son nouveau poste comportait des à-côtés assez astreignants, notamment la perspective de fréquents déplacements à l'étranger. Mais il était inutile d'en parler à Lydia dès maintenant; il serait toujours assez tôt. En revanche, il lui parla de la secrétaire qu'il allait devoir engager.

– C'est merveilleux, chéri! – Ils dînaient au restaurant, en tête-à-tête, pour fêter l'événement. Lydia avait fait la moue quand il avait émis l'idée de donner une petite réception. – Il va falloir que je donne un préavis de quinze jours, mais tu pourras bien attendre quinze jours, n'est-ce pas? Ce sera délicieux d'être ensemble toute la journée.

– Je ne te suis pas très bien, dit-il – quoiqu'il eût parfaitement saisi.

– Tu es vraiment lent ce soir, mon chéri. Où pourrais-tu trouver une meilleure secrétaire que moi?

Ils étaient mariés depuis quatre ans.

– Mais... Tu devais quitter ton travail et avoir un enfant?

Elle prit sa main et lui sourit.

– Cela pourra attendre. Nous n'avons pas besoin d'enfants pour être amoureux. Tu es à la fois mon mari, mon enfant et mon ami – et cela me suffit.

Il dut lui expliquer pourquoi il ne pouvait pas envisager de la prendre comme secrétaire : ce serait considéré comme du favoritisme par ses supérieurs, cela le mettrait dans une position très embarrassante vis-à-vis de ses collègues.... Ses arguments étaient parfaitement valables mais il les présenta de façon fort peu convaincante.

– Allons-nous en, veux-tu? dit-elle de sa douce petite voix. Je t'en prie, demande l'addition et partons. Je voudrais rentrer maintenant.

Dès qu'ils furent à la maison elle se mit à pleurer. Il reprit ses explications depuis le début, patiemment.

Elle sanglota de plus belle. Il lui dit qu'elle pouvait se renseigner auprès de n'importe qui, tout le monde lui dirait la même chose. Un homme ayant un poste de directeur dans une petite firme comme la sienne ne pouvait pas faire travailler sa femme pour lui. Elle n'avait qu'à téléphoner à son patron si elle ne le croyait pas.

Elle n'éleva pas la voix; ce n'était pas son genre.

– Tu n'as pas besoin de moi, dit-elle d'un ton boudeur.

– Si, j'ai besoin de toi. Je t'aime. Mais là, c'est différent : il s'agit de mon travail, Lydia... – Il sut, avant même de poursuivre, qu'il aurait dû s'arrêter là. – J'ai laissé tomber mes amis parce que tu ne les aimais pas. Je ne reçois plus mes clients à la maison. Je ne suis séparé de toi que six heures par jour. Que te faut-il de plus?

Il n'y eut pas de discussion : elle se contenta de répéter avec amertume qu'il n'avait pas besoin d'elle. Elle pleura presque toute la nuit, si bien qu'au matin elle ne put aller travailler. Il lui téléphona à deux reprises dans la journée : sa voix n'était qu'un triste murmure mais elle lui parut calme, presque résignée. La première chose qu'il remarqua en rentrant chez lui à six heures fut l'odeur écœurante du gaz.

Elle gisait sur le carreau de la cuisine, sa tête blonde posée sur un coussin devant la porte ouverte du four. Son visage était d'un rose vif, presque violet.

Il la porta jusqu'à la fenêtre qu'il ouvrit toute grande, et lui maintint la tête à l'air frais. Elle vivait, elle allait s'en tirer... Son pouls battait déjà plus régulièrement, sa respiration redevenait normale. Il se mit à l'embrasser avec passion, la suppliant à haute voix de ne pas mourir, de vivre par amour pour lui. Lorsqu'il jugea qu'il pouvait sans risque la quitter des yeux un instant, il l'allongea sur le divan et appela une ambulance.

Elle resta plusieurs jours à l'hôpital. Là-bas, on lui conseilla de suivre un traitement psychiatrique, mais elle ne voulut pas en entendre parler.

– Chaque fois que j'ai essayé de me tuer, c'est parce que je me sentais rejetée, expliqua-t-elle.

– *Chaque fois?* Que veux-tu dire, ma chérie?

– A dix-sept ans, j'ai avalé un tube de somnifères parce qu'un garçon m'avait laissée tomber.

– Tu ne m'en as jamais parlé, dit-il.

– Je ne voulais pas t'inquiéter. Je préférerais mourir plutôt que de te rendre malheureux. Ma vie t'appartient, et mon seul but est de rendre la tienne heureuse.

Et s'il n'était pas arrivé à temps? Cette pensée le fit frissonner. Sans elle, la maison était sinistre. Il n'aurait jamais imaginé qu'elle pût lui manquer à ce point. Il prit la ferme résolution de lui consacrer davantage de temps et d'attention à l'avenir.

Comme ils ne prenaient jamais de vacances – Lydia n'aimait pas partir –, qu'ils sortaient rarement et n'avaient pas d'enfants, ils avaient réussi à mettre de l'argent de côté. Ils vendirent la maison et en achetèrent une plus grande.

Quand sa firme lui proposa de partir trois semaines au Canada, il n'hésita pas : il refusa tout net. Ce fut un jeune loup aux dents longues qui obtint le voyage. Par la suite, il apprit avec irritation qu'une rumeur circulait dans le bureau, selon laquelle sa femme devait être infirme – tout ça parce qu'elle avait cessé de travailler depuis qu'ils avaient acheté leur nouvelle maison. Lydia, une infirme? Elle était plus heureuse qu'elle ne l'avait jamais été : elle s'occupait de trouver de nouveaux bibelots pour la maison, de redécorer elle-même toutes les pièces, de faire dessiner le jardin... Non, si l'un des deux était malade, c'était plutôt lui. Il ne dormait plus très bien ces derniers temps, devenait sujet à des accès de dépression. Le médecin lui prescrivit des somnifères et conseilla un changement d'air. Peut-être travaillait-il trop? Ne pourrait-il s'arranger pour faire une partie de son travail à la maison?

– J'ai pris sur moi de téléphoner au docteur pour lui suggérer cette idée, dit gentiment Lydia. Tu pourrais rester deux ou trois jours par semaine à la maison; je te servirais de secrétaire.

Son patron y consentit – avec un petit sourire où il lui sembla déceler un soupçon de mépris. Mais qu'importait? L'essentiel était qu'il pût travailler chez lui.

Il lui arriva alors de rester quatre ou cinq jours d'affilée sans voir personne d'autre que sa femme. Celle-ci était aussi parfaite secrétaire qu'épouse; elle ne lui laissait pratiquement rien à faire. Elle rédigeait ses communiqués de presse, tapait ses lettres sans qu'il eût besoin de les dicter, répondait au téléphone avec charme et compétence, planifiait ses rendez-vous... Et une fois le travail terminé, elle continuait à le choyer inlassablement. Il n'était pas question qu'ils prennent leur repas sur un plateau : tous les jours, matin et soir, la table de la salle à manger était joliment dressée. S'il se fit la réflexion que six personnes seulement – en l'espace de deux ans – avaient profité de ce beau service et de leur argenterie, il la garda pour lui.

Il se sentait toujours aussi déprimé, en dépit des tranquillisants que le médecin lui avait prescrit en sus des somnifères. Ils ne parlaient jamais des tentatives de suicide de Lydia mais il y pensait souvent, se demandant s'il avait été gagné à son tour par cette tendance morbide. Certains soirs, lorsqu'il faisait tomber dans la paume de sa main l'une des pilules du flacon, il était tenté de les avaler toutes d'un seul coup avec une gorgée d'eau fraîche. Il ne comprenait pas pourquoi car il avait tout ce qu'un homme pouvait désirer : une épouse parfaite, une belle maison, un travail intéressant, une excellente santé – et aucune contrainte, aucune entrave.

Ainsi que Lydia l'avait fait remarquer : « Des enfants auraient été une telle entrave, mon chéri »; ou encore, lorsqu'il avait émis l'idée d'acheter un chien : « Ce serait terriblement astreignant, mon chéri. Et puis, je ne pourrais plus garder mon intérieur propre! » Il reconnut que cette maison, ce confort étaient ce qu'il avait toujours désiré. Pourtant, à l'approche de la quarantaine, il se mit à faire de mauvais rêves. Des rêves de prisons.

– Je comprends maintenant pourquoi tu as essayé de te tuer, lui dit-il un jour. Enfin, disons que je comprends qu'on puisse en avoir envie.

– Nous nous comprenons parfaitement sur tous les plans, toi et moi, répondit-elle. Mais ne parlons pas de cela. La page est tournée.

– Et moi, penses-tu que je sois du type suicidaire?

– *Toi?*

Elle n'était aucunement alarmée. Il avait l'impression qu'elle ne le prenait pas au sérieux, qu'elle n'arrivait pas à le considérer comme un individu à part entière, un homme ayant ses problèmes, ses angoisses, ses pensées secrètes. Pour elle, il n'existait que *par rapport* à elle... Il se reprocha aussitôt ces réflexions désabusées. *Lydia?* Allons donc! Lydia, qui avait donné toute sa vie pour lui, qui faisait passer ses désirs et ses besoins avant toute autre considération?

– Tu n'aurais aucune raison, répondit-elle gaiement, puisque tu sais que je t'aime. Et puis, je te sauverais à temps, tout comme tu m'as sauvée.

La firme pour laquelle il travaillait s'était agrandie et projetait d'ouvrir un bureau à Melbourne. Après avoir solennellement juré à son patron que sa femme n'était pas infirme et qu'il n'existait pas le moindre problème entre eux, celui-ci lui proposa de partir en Australie pour trois mois afin de mettre sur pied la nouvelle filiale. Cette fois encore, il n'hésita pas : il accepta. Bien entendu, la firme prendrait à sa charge les frais du voyage.

En rentrant chez lui ce soir-là, il calcula à combien reviendraient le billet d'avion de Lydia pour Melbourne, son séjour à l'hôtel et ses diverses dépenses. Il pourrait y arriver. Ce serait juste, mais ça irait. Ses pensées suicidaires battirent en retraite. Cela lui ferait le plus grand bien de partir trois mois dans un pays lointain, de voir de nouvelles têtes, de respirer un peu. Sans compter qu'à son retour il aurait sans doute droit à une augmentation si tout se passait bien là-bas.

Elle vint à sa rencontre dans le hall et l'embrassa. Les baisers dont elle le gratifiait après la moindre séparation (quoique ces occasions ne fussent plus si fréquentes) étaient aussi passionnés qu'aux premiers temps de leurs fiançailles. Il s'attendait bien à une petite difficulté du fait que Lydia n'aimait pas beaucoup quitter sa maison, mais cela pourrait s'arranger. N'avait-elle pas dit et répété qu'elle irait n'importe où avec lui?

Il entra dans l'immense living-room. La pièce était aussi impeccable que d'habitude, mais quelque chose avait changé. Leur moquette rouge avait été remplacée par une autre, toute neuve, mœlleuse, d'une délicate couleur crème.

– Elle te plaît? demanda-t-elle avec un grand sourire. Je l'ai achetée et fait poser en secret, pour t'en faire la surprise. Tu ne l'aimes pas?

– Si, si, beaucoup, lui assura-t-il. Tu l'as payée combien?

C'était une question qu'il ne posait jamais, mais en l'occurence il avait ses raisons. Elle lui cita un chiffre, à peu près équivalent au prix qu'aurait coûté son voyage en Australie.

– Nous avions mis cette somme de côté pour acheter quelque chose pour la maison, dit-elle en passant un bras autour de sa taille. Ce n'est pas vraiment une folie, tu sais. Elle durera éternellement. Et à quoi pourrions-nous utiliser notre argent, sinon à aménager notre intérieur?

Il l'embrassa et lui dit que ça n'avait aucune importance. Ce n'était pas une folie; elle durerait éternellement, éternellement... Ils dînèrent dans le beau service en porcelaine de Copenhague. Des fleurs étaient disposées au centre de la table, répandant leur doux parfum dans la pièce. Il devait partir en Australie, et Lydia ne pouvait pas l'accompagner. Mais cela, il avait peur de le lui dire.

Il resta des semaines sans lui en parler, repoussant

toujours l'échéance. C'est ainsi que l'idée, insidieusement, se forma dans son cerveau : après tout, pourquoi lui en parler? Il mourait d'envie de partir, il fallait qu'il parte. Ne pouvait-il tout simplement s'enfuir et lui téléphoner de la première escale – quelque part en Europe – pour lui dire que son départ ne s'était décidé qu'au tout dernier moment, qu'il avait essayé sans succès de la joindre pour la prévenir? Il était convaincu qu'elle ne tenterait pas de se suicider si elle le savait trop loin pour pouvoir la sauver. Et elle lui pardonnerait, puisqu'elle l'aimait. Mais cette solution rassurante présentait beaucoup d'inconvénients pratiques : les vêtements à faire nettoyer, la préparation des bagages... En outre, c'était une lâcheté. Comment avait-il pu envisager un seul instant de faire une chose pareille à Lydia? Il serait incapable de faire cela à son pire ennemi; encore moins à sa femme bien-aimée.

De toute façon, il n'en aurait pas eu l'occasion. Car si un homme peut cacher beaucoup de choses à sa femme, il ne peut rien dissimuler à sa secrétaire. Lydia fut mise au courant par un coup de téléphone du service des réservations de l'aéroport.

– Combien de temps seras-tu absent? demanda-t-elle tristement.

– Trois mois.

Elle pâlit et vacilla sur ses jambes, comme si elle ne se sentait pas bien.

– Je t'écrirai tous les jours, promit-il. Je te téléphonerai.

– Trois mois... murmura-t-elle.

– Je n'osais pas te le dire. Il faut que j'y aille, ma chérie, comprends-tu? Malheureusement, cela coûterait une fortune de t'emmener avec moi; nous ne pouvons pas nous le permettre.

– Non, dit-elle. Non, bien sûr...

Cette nuit-là, elle pleura toutes les larmes de son corps; mais le lendemain matin elle ne fit aucune allusion à son départ. Ils travaillèrent ensemble avec la même efficacité que d'habitude, malgré la mine épouvantable de Lydia. Lorsqu'ils eurent terminé, elle se mit à parler des préparatifs du voyage : les vêtements dont il aurait besoin, les valises qu'il faudrait acheter... D'une voix infiniment triste et monotone, elle lui dit qu'elle s'occuperait de tout, qu'il n'aurait à s'inquiéter de rien.

– Et *toi,* tu promets de ne pas t'inquiéter pour moi, quand je serai dans l'avion?

En la voyant secouer lentement la tête, un vague sourire sur les lèvres, comme si la question était absurde, hors de propos, il comprit. Les morts ne s'inquiètent pas. Lydia ne s'inquiéterait pas, car elle serait morte. Il s'était montré imprudemment optimiste en croyant qu'elle n'essaierait pas de se suicider s'il était loin d'elle.

Les jours passèrent, et ce fut la veille du départ. A présent, il savait qu'il ne partirait pas. Il le savait depuis déjà plus d'une semaine, mais il n'osait faire part de sa décision à son patron. Cette nuit-là, il rêva encore de prisons. En se réveillant, inondé de sueur, il eut une vision de la vie qui l'attendait, partagée entre la peur et la captivité, la peur et l'emprisonnement...

Mais il existait une issue pour échapper aux deux. Une seule issue... L'après-midi de son départ, sa résolution était prise. Sa femme et son patron ignoraient qu'il avait renoncé à partir pour l'Australie. Tout était prêt, ses valises étaient alignées dans le hall – avec une précision dont seule Lydia était capable.

Une demi-heure plus tôt, elle lui avait annoncé qu'elle allait chercher chez le teinturier son costume de toile, celui qu'il devait mettre le lendemain. Puis il avait entendu la porte d'entrée se refermer. Avant de partir, elle lui avait recommandé, avec une tristesse mêlée de tendresse, de monter vérifier qu'elle n'avait oublié aucun objet d'importance vitale. Lorsqu'il se décida enfin à monter, ce fut dans un tout autre but. Ce qu'il voulait, c'était un objet non pas d'importance vitale, mais d'importance mortelle... le flacon de pilules.

La porte de la chambre était fermée. Il l'ouvrit. Lydia était là, allongée sur le lit. Elle n'était pas partie. Elle était étendue là depuis une demi-heure, le flacon vide serré dans sa main crispée. Il tâta son pouls et constata qu'il battait encore. Elle était vivante. Dans un quart d'heure, l'ambulance l'aurait transportée à l'hôpital. Il tendit la main vers le téléphone, posa son doigt sur le cadran pour former le numéro de police-secours. On allait la sauver. Grâce à Dieu, cette fois encore, il était arrivé à temps.

Il regarda le visage paisible de sa femme. Elle ne semblait pas avoir vieilli depuis le jour où elle était venue le remercier de lui avoir sauvé la vie... Peu à peu, presque involontairement, il retira son doigt du cadran. Les épaules secouées de sanglots, il s'entendit pousser un petit cri plaintif. Il souleva Lydia dans ses bras et l'embrassa passionnément, en murmurant son nom.

Puis, sans se retourner, il quitta rapidement la chambre, dévala l'escalier et sortit de la maison. Un autobus venait à sa rencontre. Il y monta et prit un billet pour une destination lointaine. Là, dans un parc qu'il ne connaissait pas et dont il n'avait jamais entendu parler, il s'allongea dans l'herbe et sombra dans un profond sommeil.

Il faisait presque nuit quand il s'éveilla. Il regarda sa montre et vit que suffisamment de temps s'était écoulé. Alors, s'essuyant les yeux – car il avait apparemment pleuré dans son sommeil – il se leva et rentra chez lui.

# LE VOILE NOIR

L'incident se produisit le printemps qui suivit le sixième anniversaire de Richard. Sa mère en parlait toujours comme de « cette épouvantable soirée » – et il n'est pas exagéré de dire : toujours. Elle en parlait beaucoup, surtout quand elle avait lieu d'être fière de lui, c'est-à-dire souvent, car il travaillait bien à l'école et réussissait tous ses examens.

Montrant à ses amies son brevet de natation ou le prix qu'il avait gagné pour sa première place en géographie :

– Quand je pense que nous aurions pu perdre notre Richard, cette épouvantable soirée! On est bien obligé de croire que Quelqu'un veille sur nous, pas vrai? – Le serrant dans ses bras : – Il aurait aussi bien pu être tué – ou pire encore... – savoureuse remarque, celle-ci. – C'est bien simple, je ne supporte même pas d'y penser.

Apparemment, elle supportait fort bien d'en parler.

– Je lui avais dit cent fois de ne jamais répondre à des étrangers, de ne jamais monter dans la voiture d'un inconnu. Mais vous savez comme sont les enfants – surtout les garçons : le moment venu, il a oublié toutes mes recommandations. On a dû commencer par lui offrir des bonbons, évidemment, et puis on l'a *attiré* dans cette voiture. – Ici, murmures accompagnés de regards significatifs en direction de Richard. –

Ensuite, on l'a sans doute menacé, persuadé de se prêter à Dieu sait quelle horreur. Je ne comprendrai jamais comment nous l'avons récupéré vivant.

Ce que Richard, pour sa part, n'arrivait pas à comprendre, c'était comment sa mère pouvait être aussi au courant de ce qui s'était passé. Après tout, elle n'avait pas assisté à la scène. C'était une affaire entre lui et l'Homme; d'ailleurs, Richard lui-même était incapable de se rappeler quoi que ce fût. Un voile noir s'était abattu sur le coin de sa mémoire où étaient gravés les détails de cette épouvantable soirée. Il se souvenait simplement de ce qui s'était passé juste avant et juste après.

A l'époque, Richard habitait avec ses parents dans la banlieue sud de Londres, à Upfield, dans une petite maison de Petunia Street. Sa mère avait dépassé la quarantaine lorsqu'elle avait donné naissance à Richard, et il n'avait ni frères ni sœurs. – C'est pourquoi nous t'aimons tant, Richard. – Il lui était interdit de jouer dans la rue avec les autres gosses : – Tu te dois de garder tes distances, mon chéri. – A l'angle de Lupin Street habitait sa grand-mère, la mère de son père. Elle ne venait jamais chez eux, et Richard avait l'impression que son père en concevait de la tristesse.

– J'aimerais bien que tu invites ma mère à prendre le thé dimanche, avait-il un jour entendu dire son père.

– Si cette femme met les pieds ici, Stan, je m'en vais.

Grand-mère ne vint donc jamais prendre le thé à la maison.

– Je sais encore ce que je fais, Stan, et je crois préférable pour le gosse qu'il ne voie pas trop sa grand-mère. Je ne vois aucun inconvénient à ce que tu l'emmènes là-bas avec toi une fois par semaine, pourvu que je n'aie pas à subir sa présence.

Il y avait donc trois maisons où Richard était autorisé à se rendre : la sienne, celle de grand-mère, et la maison voisine de la leur à Petunia Street, où habitaient les Wilson avec leur fille Brenda et leur fils John. Parfois, il jouait avec John dans le jardin des Wilson, mais ce n'était pas très drôle car Brenda, qui était beaucoup plus grande – elle avait presque seize ans – ne cessait de les gronder pour les empêcher de se salir.

Lui et John étaient dans la même classe à l'école, mais sa mère refusait de le laisser y aller seul avec John, quoique l'école fût à deux pas. Très pénétrée de son rôle de mère, elle surveillait constamment Richard, l'attendait derrière la grille avant la fin de la classe pour le ramener à la maison, la main de l'enfant étroitement serrée dans la sienne.

Cependant, une fois par semaine – le mercredi – Richard ne rentrait pas directement chez lui. Il attendait avec impatience ce jour-là, car la soirée du mercredi était celle qui était consacrée à grand-mère, et c'était le seul moment où il se sentait vraiment libre.

Le cérémonial était immuable : sa mère allait le chercher à l'école et ils traversaient Plumtree Grove, d'où partait Petunia Street. Lupin Street contournait le Grove un peu plus loin, de sorte que sa mère, tout en l'encourageant de la voix et du geste, pouvait le surveiller pendant qu'il traversait la rue, jusqu'à ce qu'il disparaisse à l'angle de Lupin Street. La maison de grand-mère se trouvait environ cent mètres plus loin. Ces cent mètres représentaient pour Richard la liberté, une enivrante solitude.

– Cours bien tout le chemin! lui criait invariablement sa mère.

Mais, sitôt dépassé le coin, il cessait de courir et se mettait à flâner, s'arrêtant pour jouer avec la chatte qui errait sur le terrain vague ou pour grimper sur le tas de briques dont les ouvriers ne s'étaient pas encore servi. Parfois, si ses rhumatismes ne la faisaient pas trop souffrir, grand-mère l'attendait à la barrière. Richard devait alors renoncer à jouer avec la chatte ou à faire de l'escalade, mais il n'en avait cure : on était si bien chez grand-mère.

Grand-mère avait une grande télévision – incroyablement grande pour l'époque. Richard la regardait en mangeant du chocolat, jusqu'à ce que son père revienne de l'usine, à l'heure du thé. Le thé était délicieux, comme le poisson, les frites – que grand-mère préparait elle même – les meringues à la crème, les éclairs au chocolat et les pêches en conserves, le tout arrosé d'une bouteille de limonade. – C'est une honte de voir comment ta mère gâte ce garçon, Stan.

Ils étaient censés être rentrés pour sept heures, mais chaque semaine à sept heures, c'était la même chose : grand-mère se rappelait qu'il y avait un western à la télévision; alors ils regardaient le film, en buvant du cacao et en grignotant des biscuits, si bien qu'ils étaient rarement de retour à Petunia Street avant neuf heures.

– Ne t'en prends qu'à toi, Stan, disait sa mère, s'il travaille moins bien demain à l'école.

Ce jour-là, sa mère le quitta à l'angle de Petunia Street, comme d'habitude, et le surveilla tandis qu'il traversait la rue. Cela, il s'en souvenait, de même qu'il se rappelait avoir regardé si grand-mère l'attendait à la barrière. Après s'être assuré que non, il avait flâné sur le terrain vague, avait délicatement sorti la chatte du nid qu'elle s'était ménagé entre les moellons.

Mars tirait à sa fin. C'était un bel après-midi, et il faisait encore jour : il était quatre heures. Il caressait la chatte maigre et efflanquée, en songeant qu'elle aurait eu bien besoin du poisson et des frites de grand-mère, quand... quoi? Que s'était-il passé ensuite? A ce stade de ses souvenirs, le voile noir s'abattait, pour se relever trois heures plus tard : Richard se promenait paisiblement dans Plumtree Grove – Terrorisé, il courait comme un fou, avec cet homme à ses trousses! lorsqu'il avait rencontré Brenda Wilson, accompagnée de son petit ami.

Brenda, les yeux écarquillés, avait poussé un cri. Elle s'était précipitée sur lui, l'avait pris dans ses bras et serré contre elle à lui couper le souffle. Etait-ce cela qui l'avait effrayé au point de lui faire perdre la mémoire? Ils disaient que non. Selon eux, autre chose l'avait effrayé *avant*. L'étreinte de Brenda et le cri affreux poussé par sa mère en le voyant, n'étaient pour rien dans l'apparition du voile noir.

Petunia Street était encombrée de voitures de police et une foule de curieux se pressait devant leur maison. Brenda l'entraîna à l'intérieur, en criant :

– Je l'ai retrouvé! Je l'ai retrouvé!

Il vit d'abord son père, le visage tout blanc, en grande discussion avec un policier. Puis il vit sa mère, évanouie sur le divan; un petit homme, penché sur elle, lui faisait avaler du cognac. Et – miracle des miracles – grand-mère était là, elle aussi. Ç'avait été l'une des choses les plus étranges de toute cette étrange journée : sa grand-mère avait mis les pieds dans la maison sans que sa mère en prît ombrage...

Sans attendre, toutes les personnes présentes l'avaient pressé de questions. Leur avait-il répondu? Seul restait gravé dans sa mémoire le hurlement de sa mère, ce bruit affolant, hystérique, et la bouche grande ouverte d'où il avait jailli. Sans bien s'expliquer pourquoi, il établissait un rapport entre ce cri et l'apparition du voile noir.

De ce jour, il lui fut interdit de rester seul, fût-ce pour jouer avec John dans le jardin des Wilson. Et il lui fut interdit d'oublier ces événements qu'il ne pouvait se rappeler. Il ne fut plus question d'aller chez grand-mère, même sous surveillance, car l'arthrite de la vieille dame s'était aggravée à tel point qu'on avait dû l'emmener à l'hôpital d'Upfield, dans la salle des vieillards. On ne retrouva jamais l'Homme. Deux ans plus tard, une petite fille de Plumtree Grove fut enlevée et assassinée. On ne retrouva jamais cet Homme-là non plus, mais sa mère était convaincue qu'il s'agissait du même.

– Et ç'aurait aussi bien pu être notre Richard! Quand je pense à cet homme rôdant dans les rues comme une bête sauvage...

– Qu'est-ce qu'il m'a fait, M'man? demandait timidement Richard.

– Si tu ne t'en souviens pas, c'est tout aussi bien. Tu vas me faire le plaisir d'oublier toute cette histoire, de faire comme si ça n'était jamais arrivé.

Si seulement elle lui permettait d'oublier!

– Qu'est-ce qu'il a *fait*, P'pa?

– Je ne sais pas, Rich. Aucun de nous ne le sait; ni moi, ni la police – ni ta mère, quoiqu'elle en dise. Les femmes aiment donner l'impression de toujours tout savoir, mais je suis bien sûr que tu ne lui en as pas dit plus qu'à moi.

Jusqu'à l'âge de douze ans, Richard fut conduit à l'école et ramené par sa mère. Les autres gosses se moquaient de lui sans pitié. Il lui était interdit d'aller chez eux ou d'inviter des amis à la maison.

– Tu ne sais rien d'eux; ils ont peut-être de mauvaises fréquentations.

Vint le jour où Richard devint plus grand que sa mère; alors seulement, elle cessa de l'accompagner partout où il allait. Chacun voyait bien qu'il était maintenant trop costaud pour se laisser attaquer par un Homme.

Le fait de grandir ne lui apporta aucun éclaircissement sur cette épouvantable soirée mais lui permit, avec l'adolescence, d'émettre des hypothèses sur ce qui avait pu se passer. Lorsqu'il comprit que l'Homme ne s'était peut-être pas contenté de le menacer ou de lui raconter d'horribles histoires, il se sentit mal dans sa peau, comme si son corps était couvert d'une souillure que rien, jamais, ne pourrait effacer. Car il n'y avait rien à y faire, sinon espérer que sa mère n'abordât plus ce sujet, éviter de se lier d'amitié et travailler dur à l'école.

Sur ce dernier point, il n'eut aucune difficulté car il était naturellement intelligent et ne s'accordait aucune distraction. Personne ne fut surpris de le voir entrer dans une bonne université – pas Oxford ni Cambridge, mais d'un niveau presque équivalent – où il prépara une licence de physique. Seule ombre au tableau : Grand-mère n'était pas là pour assister à son triomphe et partager sa joie. Elle était morte à l'hôpital lorsque Richard avait quatorze ans, en laissant la maison à ses parents. Ils l'avaient vendue, ainsi que la leur, pour en acheter une plus grande avec garage et jardin particulier, à une dizaine de kilomètres d'Upfield. La petite somme d'argent économisée par Grand-mère devait revenir à Richard le jour de ses dix-huit ans. Il y avait juste de quoi acheter une voiture d'occasion. Lorsqu'il revint de l'université pour les vacances de Pâques, il acheta une Ford d'occasion, passa son permis de conduire et l'obtint du premier coup.

– Ce garçon, dit sa mère, réussit avec une facilité déconcertante tous les examens qui se présentent. C'est à croire qu'il ne *peut* échouer dans ce qu'il entreprend. Il a un ange gardien qui veille sur lui, et ce depuis l'âge de six ans.

Son mari lui ayant reproché sa trop bonne mémoire, elle utilisait maintenant un biais pour faire allusion à cette épouvantable soirée :

– Lorsque vous-savez-quoi est arrivé et que nous avons eu si peur...

Tout en le regardant conduire autour de la maison d'une main experte, elle regrettait qu'il n'y eût pas une gentille jeune fille à côté de lui, une fiancée raisonnable, travailleuse et économe. Richard n'avait jamais eu de petite amie. Il y avait bien à l'université une étudiante qui lui plaisait et à qui, pensait-il, il n'était pas indifférent; mais il ne lui avait jamais proposé de sortir avec lui. Il n'était pas très sûr de pouvoir se lier avec une fille, sans parler de l'aimer.

Le lendemain du jour où il avait passé son permis, il se proposa d'aller en voiture jusqu'à Upfield pour revoir John Wilson. Il y avait dans cette démarche, il se l'avoua à lui-même, davantage que le simple désir de renouer une ancienne amitié. John était le seul ami qu'il eût jamais eu mais il s'était toujours senti inférieur à lui, car John était – avait eu la chance d'être –

un garçon sociable, bien dans sa peau, qui avait commencé à sortir avec une fille dès l'âge de quatorze ans. D'autre part, l'idée d'arriver à l'improviste chez les Wilson, au volant de sa voiture et au terme de ses deux premiers trimestres à l'université, plaisait assez à Richard.

C'était un mercredi du début d'avril, un bel après-midi. Il faisait encore grand jour : il était quatre heures. Il choisit un mercredi, parce que les magasins d'Upfield fermaient plus tôt ce jour-là; John ne serait donc pas à la quincaillerie, où il travaillait depuis qu'il avait quitté l'école, trois ans auparavant.

En approchant de Petunia Street, il éprouva l'envie soudaine de passer devant la maison de grand-mère pour voir si on avait enfin construit quelque chose sur le terrain vague. Pendant des années et des années – la moitié de sa vie – ces briques étaient restées là, à l'abandon. En revanche, la vieille chatte efflanquée avait disparu depuis longtemps; elle était morte avant même le déménagement des parents de Richard. Les briques étaient toujours là, à demi enfouies dans l'herbe et les orties.

Il continua jusqu'à Lupin Street, en roulant lentement le long du trottoir, et se trouva bientôt en vue de la maison de grand-mère. Il était encore tellement marqué par les recommandations de sa mère qu'il fit bien attention de ne pas se garer devant la maison.

– Garde tes distances, ne te mêle pas de ce qui ne te regarde pas.

Il arrêta sa voiture quelques mètres plus loin.

La maison avait été peinte en rose vif, les volets en bleu ciel. Richard décida qu'il la préférait comme elle était avant : en plâtre crème et bois brun. Mais il ne s'éloigna pas. Une impression le submergeait, plus étrange que toutes celles qu'il avait éprouvées jusqu'alors : une impression qui le retenait cloué sur place, le regard fixé sur la vaste étendue de briques et de mauvaises herbes. Sans doute n'était-ce que de la nostalgie, le fait de revivre par la pensée ces mercredis qui avaient fait la joie de son enfance.

C'était drôle, cette façon qu'il avait de scruter le terrain vague, comme s'attendant à voir apparaître la vieille chatte. Si elle vivait encore, elle aurait à peu près son âge; peu de chattes vivent aussi longtemps. Néanmoins, il continuait à regarder. Il se secoua pour chasser cette nostalgie qui l'envahissait; il était temps d'aller chez John.

A cet instant, un être vivant surgit de derrière les mauvaises herbes, hautes comme des arbustes : un petit garçon, d'environ huit ans. Richard n'avait aucunement l'intention de descendre de voiture; pourtant, presque malgré lui, il claqua la portière et s'engagea sur le terrain vague.

La vue qu'on en avait de la voiture était fort incomplète. C'était sans doute pour cette raison qu'il était descendu de voiture : pour examiner de plus près le théâtre des jeux de son enfance. Celui-ci paraissait très petit. Ce n'était pas du tout le désert de briques et de moellons dont il avait gardé le souvenir, mais un petit lopin de terre envahi par les mauvaises herbes, large d'une soixantaine de mètres et long d'environ le double. En fait, il lui avait paru d'autant plus grand que lui était tout petit à l'époque – encore plus petit que ce garçonnet qui, juché sur un tas de briques, l'observait avec curiosité.

Il n'avait aucunement l'intention de parler à l'enfant; d'ailleurs, Richard n'était plus un enfant, mais un Homme. Et s'il existe une règle implicite selon laquelle un enfant ne doit pas parler à un inconnu, il en existe une autre comme quoi un Homme ne doit pas parler à un enfant. S'il avait *vraiment* voulu adresser la parole à ce petit garçon, ses mots auraient été très différents. Il lui aurait dit, par exemple, qu'il avait lui-même joué ici naguère, ou qu'il connaissait bien le quartier pour l'avoir habité. Mais les mots qu'il employa vinrent à ses lèvres comme s'ils avaient été placés là par quelque force extérieure – ou profondément intérieure.

– Sais-tu que tu te trouves ici sur un terrain privé?
Le garçonnet entreprit de descendre de son perchoir.
– Tous les gosses viennent jouer ici, monsieur.
– Peut-être, mais ce n'est pas une excuse. Où habites-tu?
*A Petunia Street, mais je vais chez ma...* Non.
– A Upfield High Road.
– Monte donc dans ma voiture, dit l'Homme. Je vais te ramener chez toi.
L'enfant eut une moue sceptique.
– Il n'y aura personne là-bas, objecta-t-il. Ma mère travaille tard le mercredi, et je n'ai pas de père. Je dois rentrer directement chez moi en sortant de l'école, prendre mon thé et attendre le retour de ma mère à sept heures.
*Directement chez ma grand-mère pour prendre mon thé et...*
– Mais tu n'es pas rentré directement chez toi, n'est-ce pas? Au lieu de ça, tu t'es introduit sur la propriété d'autrui...
– Vous êtes un flic, monsieur?
– Oui, dit l'Homme.
Le petit garçon monta dans la voiture sans se faire prier.
– Vous m'emmenez à la police?
– Nous irons au commissariat plus tard. Je veux d'abord avoir une petite conversation avec toi. On va aller...
Où pourraient-ils bien aller? La banlieue sud de Londres comporte beaucoup d'espaces verts – des prés communaux, comme on les appelle : le Pré Communal de Streatham, le Pré Communal de Wandsworth, le Pré Communal de Tooting... Quel instinct le poussa à choisir le Pré Communal de Drywood, un endroit éloigné dont il avait entendu parler mais où, à sa connaissance, il n'était jamais allé de sa vie? Naguère, l'Homme en avait décidé ainsi. Et à présent, l'Homme, c'était lui, pas vrai?
– On va aller à Drywood, histoire de bavarder un

peu. Il y a du chocolat dans la boîte à gants. Sers-toi si tu en veux.

La voiture démarra, laissant derrière elle la vieille maison de grand-mère.

– Prends tout, dit-il.

Le garçonnet mangea tout, puis se présenta : Barry, huit ans. Il n'avait ni père ni frères ni sœurs. Juste sa mère qui travaillait pour les faire vivre tous les deux. Sa mère lui avait souvent dit de ne jamais monter dans la voiture d'un inconnu; mais un flic, c'était différent, n'est-ce pas?

– Très différent, dit l'Homme. Totalement différent.

Ce ne fut pas facile de trouver le Pré Communal dc Drywood, car la signalisation était très mal faite par là-bas. Chose étrange : une fois arrivé sur place, l'endroit lui parut étonnamment familier.

– Nous allons nous garer un peu plus bas, dit-il. Près de l'étang.

Il repéra l'étang sans difficulté, suivit la route traversant le pré communal, puis tourna à gauche dans un chemin plus étroit. Des canards s'ébattaient sur l'étang, lequel était environné d'une véritable forêt. Dans le lointain, cependant, on distinguait des maisons et une rangée de boutiques. Il gara la voiture près de l'eau dormante, éteignit le moteur.

Barry était très calme, très confiant. Il écouta avec gravité le sermon du « policier. » sur la façon de se bien conduire et la nécessité de ne pas enfreindre la loi. Il ne parut ni inquiet ni ennuyé quand l'Homme cessa de parler généralités et se mit à parler de lui. L'Homme avait eu une vie solitaire, une vie de prisonnier. On ne lui avait jamais permis de sortir seul; même quand il se trouvait chez lui, en train de faire ses devoirs, on le surveillait : « Laisse ta porte ouverte, Richard. Nous ne voulons pas de secrets dans cette maison ». Il n'avait pas eu de véritable ami – pas un seul. Barry voudrait-il être son ami, l'espace de quelques heures, juste pour un soir? Oui, Barry voudrait bien.

– Mais vous êtes un grand, maintenant, dit Barry.

L'Homme hocha lentement la tête, comme si pour lui cela ne faisait guère de différence, et il se mit à pleurer. Il pleurait à la manière des adultes : presque sans larmes, mais avec honte et dégoût de soi.

Une petite main un peu sale se posa sur celle de l'Homme et l'étreignit. Nul n'avait encore jamais tenu sa main de cette façon. Non pas avec autorité ou possessivité « Richard, donne-moi la main pour traverser la rue », mais avec douceur, sympathie, (affection?). Leurs mains restèrent ainsi serrées, la petite couvrant la grande; puis la grande se dégagea, étreignit la petite. Une tension indéfinissable, comme si le temps était suspendu, retenait dans la voiture l'Homme et l'enfant, paisibles, au-delà de toute émotion. Puis l'enfant rompit le charme, et le temps reprit sa marche.

– J'ai faim, dit l'enfant.

– C'est vrai, l'heure de ton goûter est passée. Que dirais-tu de manger du poisson et des frites? Il y a là-bas une boutique où on en vend.

Barry ouvrit la portière pour descendre.

– Non, dit l'Homme. Il vaut mieux que j'y aille seul. Toi, tu m'attends ici. D'accord?

– D'accord, dit Barry.

Il n'en eut que pour dix minutes, car il savait exactement où se trouvait la boutique. Lorsqu'il revint, Barry l'attendait. Les frites étaient bonnes, presque aussi bonnes que celles que grand-mère préparait autrefois. Lorsqu'ils eurent fini de manger, ils essuyèrent leurs doigts graisseux avec le mouchoir de l'Homme. La nuit était tombée. Au loin, des lumières s'allumaient dans les boutiques et les maisons; mais là, près de l'étang, sous les arbres, il faisait très noir.

– Il est quelle heure? s'enquit Barry.

– Six heures et quart.

– Il faudrait que je rentre.

– Avant, tu as bien le temps de faire une partie de cache-cache? Ta mère ne sera pas encore rentrée. Et je peux te ramener à Upfield en dix minutes.

– Je ne sais pas... Si jamais elle rentre plus tôt?

– S'il te plaît, dit l'Homme. Juste quelques minutes. Je venais souvent ici jouer à cache-cache quand j'étais gosse.

– Vous avez dit qu'on ne vous permettait pas de sortir. Vous avez dit...

– J'ai dit ça? Tu as peut-être raison. Je ne sais plus très bien où j'en suis.

Barry le regarda gravement.

– C'est moi qui commence, dit-il.

Il regarda Barry disparaître parmi les arbres. En général, les adultes qui jouent à cache-cache ne respectent pas les règles; ils ne prennent pas la peine de compter jusqu'à cent. L'Homme, lui, joua le jeu. Il compta lentement, avec application, puis il descendit de voiture et inspecta les bords de l'étang.

Il lui fallut longtemps pour retrouver Barry. L'enfant était beaucoup plus habile que lui à ce jeu; il en fit la démonstration lorsque ce fut son tour de chercher. Les ténèbres s'épaississaient. A part eux, il n'y avait personne sur le pré communal. Ils étaient absolument seuls.

Barry était parti se cacher. Assis dans la voiture, l'Homme comptait :... 97, 98, 99, 100. Lorsqu'il eut terminé, il eut conscience du silence de l'endroit, troublé seulement par le lointain bourdonnement du trafic sur la grand-route, tout comme l'obscurité n'était troublée que par le reflet rougeoyant des lumières de Londres dans le ciel. Il ne faisait pas aussi sombre, la dernière fois... L'enfant ne se trouvait derrière aucun des arbres, dans aucun des buissons bordant l'étang.

Où ce satané gosse avait-il bien pu se cacher? La colère de Richard était irraisonnée : après tout, c'était lui qui avait eu l'idée de ce jeu. Etait-il en colère parce que l'enfant s'était montré plus astucieux que lui? Ou s'agissait-il d'un sentiment plus profond, plus féroce – la rage d'être rejeté par ce petit sauvage chétif et ignorant?

– Où es-tu, Barry? Montre-toi! Je n'ai plus envie de jouer.

Pas de réponse. Le vent gémit et une petite branche tomba à ses pieds. Le petit démon! Si jamais je le trouve...

Si jamais je le trouve, je... je le tue.

Il frissonna. Le sang battait dans sa tête. Il ramassa un bâton, qu'il fit tournoyer avec fureur en hurlant des injures et des menaces dans le silence de la nuit.

– Barry! Barry! Montre-toi! Immédiatement, tu m'entends?

Il se moque de moi, il me rejette. Personne ne voudra de moi, jamais...

Un gloussement lui parvint du sommet d'un arbre, suivi d'un bruissement de feuilles et d'un bruit de glissade. Pas tout à fait au-dessus de lui; plus à gauche. Il crut déceler dans le gloussement une note de moquerie. Mais où était-il? Où? Plus bas, du côté de l'étang. L'enfant était grimpé dans l'arbre qui surplombait l'étang.

Deux petits pieds atterrirent sur le sol avec un bruit sourd, tandis que résonnait de nouveau ce gloussement joyeux, affolant. L'Homme resta un long moment immobile, comme une statue. Puis, lentement, ses mains se crispèrent autour d'un cou fragile et imaginaire, leur étreinte se resserrant inexorablement, comme pour chasser le dernier souffle de vie.

Cours, Barry, cours... *Cours, Richard, cours à Plumtree Grove, cours chez toi retrouver ta mère qui sait, elle, ce que sont les épouvantables soirées.*

L'Homme se fraya un chemin vers l'étang à travers les broussailles. Le garçonnet n'y était sans doute plus, mais il ne devait pas être bien loin. Et les jambes de l'Homme étaient assez longues pour poursuivre l'enfant, ses mains assez fortes pour lui assurer un avenir exempt de doutes, de craintes et de souvenirs...

Mais l'enfant n'était nulle part. Nulle part. Et pourtant... qu'était ce bruit? On aurait dit quelqu'un s'éloignant à pas de loup, craintivement. Il se retourna, vit l'enfant qui venait vers lui – oui, *vers* lui – un peu timidement, entre les troncs gris et noueux. Sa gorge se serra. Mais il devait y avoir quelque chose sur son visage – une expression de gravité menaçante, encore accentuée par la pénombre – car l'enfant s'arrêta dans son élan.

Cours, Barry, cours, cours...

Ils se regardèrent un moment, une éternité : douze longues années. Puis l'enfant éclata d'un rire joyeux, franc et innocent. Il se précipita en avant et se jeta dans les bras de l'Homme. L'Homme, enfin libéré de sa douleur et de son angoisse, serra le garçonnet sur sa poitrine et le souleva de terre, en mêlant son rire au sien. Etroitement enlacés, ombres parmi les ombres sous le murmure des arbres, ils rirent avec une sorte d'extase de s'être enfin trouvés.

– Viens maintenant, dit Richard, je vais te ramener chez toi. Je ne sais ce qui m'a pris de t'amener ici, dans le premier endroit venu.

– C'était pour jouer à cache-cache, dit Barry. On s'est bien amusés.

Ils retournèrent à la voiture. Il était un peu plus de sept heures quand ils atteignirent Upfield High Road, mais pas beaucoup plus.

– Ça m'étonnerait que ma mère soit déjà rentrée.

– Je vais te déposer ici, je ne veux pas monter. Dis-moi, Barry?

– Oui, monsieur?

– Jamais plus tu ne dois accepter de monter dans la voiture d'un Homme, d'accord? C'est promis?

Barry inclina la tête.

– Promis.

– Une fois, je suis monté dans la voiture d'un inconnu, et pendant des années je n'ai pu me rappeler ce qui s'était passé. Ça m'est revenu seulement ce soir, quand je t'ai rencontré. A présent, je me souviens de tout. C'était un type correct; juste un peu seul, comme moi. Nous avons mangé du poisson et des frites à Drywood et nous avons joué à cache-cache, comme toi et moi ce soir. Après, il m'a ramené devant chez moi, comme je l'ai fait pour toi. Mais il n'en ira pas toujours ainsi.

– Comment pouvez-vous le savoir?

Richard regarda ses mains, de fortes mains de jeune homme.

– Je le sais, voilà tout, dit-il.

Avant de repartir, il se retourna une dernière fois pour s'assurer que l'enfant était bien en sécurité chez lui. Barry raconta tout à sa mère, laquelle, convaincue qu'il s'était passé quelque chose de mal, prévint la police. Mais comme Barry n'avait pas relevé le numéro minéralogique de la voiture et n'avait aucune idée du nom de l'inconnu, la police ne pouvait pas faire grand-chose. On ne retrouva jamais l'Homme.

# UN CŒUR SENSIBLE

Ils avaient tellement insisté qu'il avait dû se résoudre à accepter leur invitation. A contrecœur – ô combien! – il avait fini par accepter d'aller dîner chez eux. Tandis qu'il traversait la banlieue ouest de Londres, il se disait avec irritation qu'ils auraient pu avoir le tact de ne pas le relancer : de tous les employés qu'il avait licenciés de sa firme, aucun ne s'était jamais permis une initiative aussi déplacée. Certains l'avaient menacé, – l'un d'eux avait même tenté de le faire chanter – mais aucun n'avait eu le front de l'inviter à dîner. Il y avait un minimum de décence à respecter. N'importe quel homme un tant soit peu avisé se serait rendu compte qu'une telle chose était à éviter. Mais Hugo Crouch n'était certes pas un homme avisé : c'était d'ailleurs pour cette raison – entre autres – qu'il avait été renvoyé de Frasers.

Oh, il savait bien pourquoi ils l'avaient invité! Ils avaient sans doute l'intention de s'ériger en tribunal et de tirer les choses au clair. C'était pour prévenir ce risque qu'il leur avait proposé un petit dîner à trois au restaurant – à ses frais. Il s'était dit qu'ils n'oseraient pas le harceler dans un lieu public. Mais ils avaient insisté pour qu'il vienne chez eux, tant et si bien qu'il avait fini par céder. Pourtant il y avait une trentaine de kilomètres à faire en voiture pour se rendre chez eux – ce qui, dans son cas, n'était pas très prudent car il était âgé et avait le cœur malade. Et pour comble de malchance, il faisait un temps affreux en cette soirée de février. Malgré tout, il avait décidé de relever le défi. Le Président-directeur général de Frasers allait leur montrer qu'un jeune Don Quichotte présomptueux comme Hugo Crouch ne lui faisait pas peur et qu'il savait en toutes circonstances se montrer à la hauteur de la situation – comme avec le maître-chanteur dans le passé.

Lorsqu'il atteignit la lisière de la forêt d'Epping, la pluie tombait si fort qu'il dut mettre ses essuie-glaces à plein régime. Décidément, il pouvait se féliciter d'avoir fait l'acquisition de cette nouvelle voiture, truffée de gadgets perfectionnés. La firme n'aurait certainement pas pu faire face à cette dépense s'il avait gardé Hugo Crouch à son service un jour de plus. S'il avait eu la faiblesse de céder aux requêtes démagogiques de Hugo, il serait en ce moment au volant de sa vieille Daimler – et il n'aurait pas pu s'offrir cette merveilleuse croisière d'hiver qui lui avait fait tellement de bien. Hugo, avec ses extravagances, avait vraiment été pour lui une épine dans le pied. Ainsi, quelle idée d'habiter une maison perdue au fond des bois! C'était ridicule – mais tout à fait dans le style du personnage.

Les puissants phares de la voiture éclairèrent un sentier étroit et sinueux, bordé de hauts arbres gris lui donnant l'aspect d'un sombre couloir hérissé de colonnes. Cette vision, noyée toutes les secondes par un rideau de pluie, réapparaissait aussitôt après le passage des essuie-glaces. Heureusement qu'il était déjà venu ici une fois; sans quoi il aurait dépassé sans les voir le haut mur en briques et la barrière en bois derrière laquelle se dressait la maison des Crouch, une triste villa victorienne avec un toit en pointe – une véritable horreur, à son avis. Il franchit la barrière, en se disant que ce serait un service à rendre à l'environnement que de démolir une maison pareille.

Aucune fenêtre n'était éclairée. Il se souvint que les Crouch occupaient seulement la partie arrière de la villa. N'empêche, ils auraient bien pu laisser une lumière allumée pour le guider. Sans ses phares, il aurait été incapable de voir où il allait. Il prit la boîte de fondants à la menthe qu'il avait achetée pour Elizabeth, traversa la cour presque inondée et se dirigea à l'aveuglette vers la porte d'entrée. Si ses souvenirs étaient exacts, celle-ci devait se trouver de l'autre côté. Il était difficile de dire où se terminait le jardin et où commençait la forêt, car il n'y avait aucune frontière visible. On distinguait seulement les branches noires striées de pluie, faiblement éclairées par une lueur provenant de l'imposte.

Il sonna frénétiquement à la porte, en espérant que la pluie n'avait pas eu le temps de transpercer son pardessus et que son costume à cent guinées ne serait pas trempé. Une grosse goutte s'écrasa sur sa nuque, le faisant frissonner. Enfin, la porte s'ouvrit.

– Duncan! Vous devez être complètement trempé. La route n'a pas été trop mauvaise?

– Ne m'en parlez pas! hoqueta-t-il en s'engouffrant dans le hall. Quel temps!

Il lui offrit la boîte de bonbons et lui tendit la main. Puis il se souvint qu'*avant* ils avaient l'habitude de s'embrasser. Après tout, pourquoi pas? Il ne refusait jamais d'embrasser une jolie femme. Surtout qu'elle n'était pour rien dans cette malheureuse affaire.

– Comment allez-vous, Elizabeth? demanda-t-il après avoir déposé un baiser sur sa joue.

– Très bien, je vous remercie. Donnez-moi votre pardessus, je vais le mettre à sécher dans la cuisine. Hugo est au salon. Vous connaissez le chemin, je crois.

S'il avait bonne mémoire, le salon se trouvait au bout d'un long couloir très peu éclairé et pas du tout chauffé. D'ailleurs, la maison aurait eu bien besoin du chauffage central; il y faisait extrêmement froid. Il ne put s'empêcher de penser à son douillet petit appartement, où les radiateurs chauffaient tellement qu'il fallait ouvrir les fenêtres, même en février.

Devant la porte du salon il marqua une pause, le temps de se préparer à la rencontre. Il n'avait pas revu Hugo Crouch depuis que celui-ci était sorti furieux de son bureau après que lui, Duncan Fraser, P.D.G. de Frasers, lui eut timidement suggéré de trouver un autre emploi, davantage dans ses cordes.

Il allait se montrer affable, naturel, un rien paternaliste peut-être. Ce qu'il était décidé à éviter à tout prix, c'était de parler du licenciement de Hugo. S'il refusait d'aborder le sujet, ils ne pourraient pas l'y forcer; de leur côté, la courtoisie élémentaire due à un invité les retiendrait d'insister.

Il ouvrit la porte, un sourire bienveillant sur les lèvres, une lueur joyeuse dans l'œil.

– Me voici, Hugo! Bravant la tempête, je suis venu jusqu'à vous.

Hugo arborait cette expression butée que Duncan lui avait souvent vue lors des conseils d'administration chaque fois qu'une de ses exigences – un peu plus extravagante que la moyenne – avait été refusée. Il ne sourit pas. Le visage grave, il tendit la main à Duncan et lui demanda ce qu'il voulait boire.

D'un coup d'œil, Duncan put constater que la pièce n'avait pas changé depuis la dernière fois : elle était toujours aussi tristement meublée. Heureusement, un grand feu de bois brûlait dans la cheminée.

– Ma foi... Je prendrais bien un vermouth, dit-il en se frottant les mains pour les réchauffer.

Il n'avait pas osé demander un whisky – sa boisson préférée – car le médecin le lui avait formellement interdit.

– Malheureusement, je n'ai pas de vermouth.

Cette réponse, quoique formulée très naturellement, mit aussitôt Duncan sur ses gardes. Il s'était bien douté qu'ils feraient tout pour lui être désagréable, mais il ne s'attendait pas à ce que l'attaque démarrât aussi promptement. Oh, après tout, si ça amusait Hugo de bien lui faire sentir qu'il ne pouvait plus s'offrir de coûteux cocktails maintenant qu'il avait perdu son emploi, ma foi, grand bien lui fasse! Duncan, pour sa part, n'y voyait aucun inconvénient.

– Alors, du xérès... si vous en avez.

– Nous en avons, dit Hugo. Tenez, venez vous asseoir près du feu.

Il s'installa devant l'âtre et se mit à réfléchir à ce qu'il allait pouvoir dire. De quoi parler, sinon de la pluie et du beau temps, pour briser la glace en attendant qu'Elizabeth vienne se joindre à eux? Ils s'en débrouillèrent fort bien. Lorsque la jeune femme entra dans le salon, ils échangeaient des généralités sur les inondations dans le Kent et les accidents de la route dus au brouillard.

– Nous n'avons invité personne d'autre, Duncan, dit Elizabeth en s'asseyant à côté de lui. Nous voulions vous avoir tout à nous.

Evidemment... La présence d'autres invités aurait contrecarré leurs plans. Il était plus sûr de rester entre soi.

– Vous êtes trop aimable.

– Nous avons tellement de choses à nous dire! J'ai pensé que ce serait mieux ainsi.

Tellement de choses à se dire? En fait, il n'y en avait qu'une seule. Mais qu'elle n'aille surtout pas s'imaginer – et Hugo non plus, avec sa mine boudeuse – qu'il allait les aider à lâcher le morceau. S'ils avaient vraiment l'intention d'aborder le sujet, il leur faudrait se débrouiller tout seuls.

– Nous parlions justement de ces terribles accidents d'autoroute, dit-il. Personnellement, je suis persuadé qu'on pourrait trouver un moyen très simple de mettre fin à ce carnage.

– Je suis bien de votre avis, Duncan, approuva Elizabeth d'un ton parfaitement indifférent. Mais parlons plutôt de vous. Qu'avez-vous fait de beau ces derniers temps?

*Je me suis employé à remettre sur pied l'affaire que votre mari avait mis au bord de la faillite.*

– Ma foi, pas grand-chose de sensationnel, répondit-il.

– Vous avez fait une croisière cet hiver?

– Euh... oui, en effet. Je suis allé aux Caraïbes.

– Il paraît que c'est magnifique. Je suis sûre que le changement d'air vous a fait du bien.

Elle s'arrangea pour prononcer cette phrase de façon à bien lui faire sentir que tous les gens ne pouvaient pas se permettre de partir en croisière, même quand ils avaient besoin de repos – comme Hugo, par exemple.

– Oui, j'en ai vraiment bien profité, dit-il joyeusement. Ça me fait penser qu'il faut que je vous raconte l'incroyable aventure qui m'est arrivée au retour.

Il la leur raconta, mais curieusement l'histoire ne lui parut plus drôle du tout – ni même incroyable. Elizabeth eut néanmoins un petit sourire poli; Hugo, lui, resta de marbre.

– Nous pourrons nous mettre à table d'ici cinq minutes, déclara Elizabeth. Finalement, Duncan, avez-vous acheté cette villa que vous convoitiez si fort, dans le sud de la France?

– Oui, oui, je me suis finalement décidé à l'acheter.

Elle le regardait avec curiosité – et un brin d'impertinence, aussi, lui sembla-t-il. Elle s'attendait peut-être à ce qu'il s'excusât de dépenser son argent comme il l'entendait?

– Ecoutez-moi cette pluie... Ça n'a pas l'air de vouloir se calmer.

Ils émirent un vague murmure d'approbation, et le silence retomba. Pour le moment, il avait réussi à les tenir en échec, et ils le savaient : le bref regard qu'ils échangèrent l'indiquait clairement. A l'évidence, ils commençaient à en avoir assez. Mais la femme revint à la charge, et cette fois l'attaque se fit beaucoup plus précise.

– Devinez qui nous avons rencontré la semaine dernière, Duncan? John Churchouse!

John Churchouse était l'imprimeur qui avait accompli divers petits travaux d'imprimerie pour Frasers deux ans auparavant – très exactement, se souvint Duncan, à l'époque de la promotion de Hugo. Il se redressa sur son siège et vida son verre de xérès.

– Il nous a expliqué qu'il était resté plusieurs mois à l'hôpital, ce qui lui a fait perdre beaucoup de commandes. Ça m'a fait...

– Où pourrais-je me laver les mains? s'enquit Duncan avec fermeté. Si vous pouvez m'indiquer où se trouve la salle de bains...

– Naturellement. – Elle paraissait désappointée; elle avait d'ailleurs de quoi l'être – C'est au premier, la porte en face de l'escalier.

Duncan mit à profit son séjour dans la salle de bains pour réfléchir à la tournure que prenaient les événements. Il ne devait surtout pas s'imaginer qu'il allait s'en tirer aussi facilement. Le harcèlement allait reprendre de plus belle pendant le dîner. Qu'importe, il les attendait de pied ferme. Jusqu'à présent, il ne s'en était pas trop mal tiré.

Il les rejoignit en bas et les suivit dans la salle à manger. De nouveau, il les vit échanger un regard de connivence, un regard qui équivalait à un coup de coude. Hugo devait avoir la frousse de se lancer. Dans ce genre de situation, c'est toujours la femme qui se montre le plus agressive. Duncan jeta un coup d'œil sur la table et le plat de hors-d'œuvre – composé de sardines, d'anchois et de cœurs d'artichaut.

– Je crains que vous ne vous soyez donné beaucoup de mal, Elizabeth, dit-il courtoisement.

Elle se tourna vers lui avec un sourire éblouissant. Il avait oublié ce fameux sourire qui illuminait son visage et faisait étinceler ses yeux bleus comme le plumage d'un martin-pêcheur.

– *Le plaisir d'un travail en guérit la peine,* dit-elle.

– Ah, *Macbeth...*! – Parfait, c'était là un excellent sujet pour démarrer la conversation – Vous vous rappelez? L'unique fois où nous sommes allés au théâtre tous les trois, c'était pour assister à une représentation de *Macbeth.*

– Oui, dit-elle, je m'en souviens. Un peu de pain, Duncan?

– Merci. J'ai assisté la semaine dernière à une remarquable représentation de *Macbeth* par une troupe polonaise. Peut-être l'avez-vous vue?

– Nous ne sommes pas allés au théâtre de tout l'hiver, dit Hugo.

Elle avait dû lui donner un coup de pied sous la table pour l'inciter à intervenir. Duncan ne releva pas l'allusion. Il entreprit de leur parler en détail du *Macbeth* de la troupe polonaise. Mais il était si tendu qu'il fut incapable de se rappeler la moitié des noms des personnages – ni des acteurs qui les incarnaient.

– J'aurais bien voulu que Keith puisse y aller, dit-elle. C'est la pièce qu'il a au programme pour son examen.

Elle voulait le forcer à demander des nouvelles de ses enfants, de façon à pouvoir lui dire qu'elle avait été contrainte de les retirer de leur luxueux pensionnat. Mais il n'allait pas la suivre sur ce terrain. Au risque de paraître mal élevé, il piqua du nez dans son assiette.

– Vous ne connaissez pas nos enfants, je crois, Duncan?

– Non, en effet.

– Ils seront ici la semaine prochaine. Je suis bien contente que leur congé de mi-trimestre coïncide avec le mien.

– Le vôtre? répéta-t-il, sur ses gardes.

– Elizabeth a repris son poste de professeur, intervint Hugo.

– Vraiment? dit Duncan. Non, je vous remercie, mais j'ai terminé. C'était délicieux. Permettez-moi de vous donner un coup de main. Si je peux vous aider à porter quelque chose...?

– Non, non, ne vous dérangez pas, ça ira. – Elle avait l'air un peu vexé – Excusez-moi un instant, je vais chercher la suite.

Il resta seul avec Hugo dans la salle à manger glaciale. L'air de rien, il déplaça ses jambes sous la nappe de façon à les rapprocher du radiateur électrique. Pendant ce temps, Hugo se débattait avec le bouchon d'une bouteille de vin qui refusait de s'ouvrir. Exaspéré, il émit un juron sonore.

– Laissez-moi essayer, proposa Duncan.

– J'y arriverai tout seul, merci, répliqua sèchement Hugo.

Tout à fait hors de propos, il ajouta :

– Je suis des cours de comptabilité.

– J'espère que vous réussirez mieux comme comptable que comme sommelier! plaisanta Duncan.

Hugo ne rit pas. Il avait enfin réussi à déboucher la bouteille.

– Je ne devrais pas avoir de problème. J'ai toujours su jongler avec les chiffres.

– Vous vous mésestimez, Hugo. En réalité, vous avez un véritable don pour ces questions-là. – C'était la vérité. Là où ça n'avait plus collé, c'est quand Hugo s'était mis dans la tête de donner aux employés de la firme des idées au-dessus de leurs moyens – Je suis sûr que vous vous en tirerez très bien.

Pourquoi cette femme ne revenait-elle pas? Cela devait faire au moins dix minutes maintenant qu'elle était à la cuisine.

– Le problème est d'obtenir une qualification, dit-il.

Quelqu'un poussait une table roulante dans le couloir. Ce bruit fut pour Duncan d'un immense réconfort – le genre de soulagement qu'on éprouve à entendre arriver le train qu'on a attendu une heure durant sur un quai glacial. Il n'aimait pas cette femme, mais tout valait mieux que de rester seul avec Hugo. Pourquoi ne pas crever l'abcès tout de suite, se dit-il, avant qu'on n'ait commencé à attaquer le minuscule poulet rôti qu'Elizabeth venait de poser sur la table?

– Vous m'avez l'air de vous être parfaitement tirés d'affaire, tous les deux, dit-il avec un sourire engageant. Je suis persuadé, Hugo, que lorsque vous serez devenu un brillant expert-comptable, vous regarderez tout ceci sous un angle tout différent et vous remercierez le ciel d'avoir quitté Frasers.

Voilà, c'était dit. Maintenant, ils allaient peut-être le

laisser manger en paix cet infâme poulet trop cuit. On allait enfin pouvoir parler d'autre chose, en toute décontraction et sans arrière-pensées.

Mais il n'y eut qu'un profond silence. Personne ne semblait avoir quoi que ce soit à dire. Même Duncan qui se creusait la tête pour trouver un sujet de conversation inoffensif, n'arrivait pas à se concentrer. Leur maison, son appartement, Frasers, sa voiture, le coût de la vie, l'emploi d'Elizabeth, les cours d'Hugo, les dernières fêtes de Noël, les prochaines vacances d'été... tous ces sujets, inéluctablement, conduisaient en droite ligne au licenciement de Hugo. Et Duncan réalisa avec désespoir qu'il en serait de même pour n'importe quel sujet, car le licenciement de Hugo se dressait entre lui et eux, comme le spectre de Banquo lors du sinistre festin de Macbeth. De temps à autre il levait les yeux de son assiette, espérant qu'elle lui rendrait son sourire, ce sourire devenu mécanique à force d'un usage insincère; mais chaque fois qu'il la regardait, il s'apercevait qu'elle l'observait, le visage buté et attentif. Ses yeux avaient perdu leur éclat; ils étaient ternes et vides, comme du verre dépoli.

Ils n'en avaient donc pas eu assez, elle et son triste mari? Ils voulaient donc le voir se traîner à leurs pieds, expliquer les raisons qui l'avaient poussé à congédier Hugo, se justifier, s'excuser? Parfait. Puisqu'ils le désiraient, il allait leur faire connaître *son* explication. Il n'y avait pas moyen de faire autrement.

Soigneusement, il posa sa fourchette et son couteau de part et d'autre de son assiette vide. Fermement, mais très poliment, il repoussa le plat que lui présentait pour la seconde fois son hôtesse. Il prit une profonde inspiration, comme il le faisait souvent au début d'une réunion du conseil d'administration, comme il l'avait souvent fait lors de ces réunions où Hugo le pressait avec une insistance déplacée d'augmenter les salaires du personnel.

– Ma chère Elizabeth, commença-t-il, mon cher Hugo, je sais dans quel but vous m'avez invité chez vous ce soir. Et comme je veux pouvoir profiter sans arrière-pensées de votre charmante compagnie, je vais faire ce que visiblement vous attendez de moi: je vais vous expliquer comment j'en suis venu à penser que Hugo n'était pas fait pour travailler chez Frasers.

– Ecoutez, Duncan... intervint Elizabeth.

– Je vous laisserai la parole dans une minute, Elizabeth. Permettez-moi d'abord de vous dire que je suis entièrement à blâmer pour ce qui s'est passé. Oui, je le reconnais, tout a été de ma faute. – Il leva une main pour imposer silence à Hugo. – Non, Hugo, laissez-moi terminer. Ainsi que je viens de le dire, tout a été de ma faute. J'ai fait une erreur de jugement. Oui, c'est indéniable. J'aurais dû me montrer plus clairvoyant dans mon choix. J'aurais dû me rendre compte, lorsque je vous ai nommé à ce poste, que vous n'étiez pas mûr pour de telles responsabilités. Je m'en veux de n'avoir pas pressenti – comment dire? – vos limites...

Ils restèrent silencieux.

– C'est nous autres chefs d'entreprise qui sommes à blâmer lorsque nous accordons notre confiance à des hommes incapables de se hisser au niveau que nous envisagions pour eux. Je le répète, c'est un manque de clairvoyance de notre part. Voilà : je prends tout le fardeau sur mes épaules. Sera-t-il possible maintenant de pardonner et d'oublier?

Il avait rarement vu des gens ayant l'air aussi embarrassé, aussi honteux. Décidément, ces deux-là n'étaient pas de taille à lutter contre lui. Sa belle déclaration les avait pris par surprise, et ils étaient incapables de trouver des arguments pour y répondre. Il tendit à Elizabeth son assiette remplie d'os de poulet et de peaux de patates; le visage de la jeune femme exprimait la fureur et le dépit.

– Alors, Elizabeth, dit-il, incapable de résister, suis-je pardonné?

– Il est trop tard, maintenant. C'est le passé, dit-elle d'un ton glacial. Il est trop tard pour arranger les choses.

– Je regrette si je ne vous ai pas donné l'explication que vous souhaitiez entendre, ma chère. Je vous ai dit la simple vérité.

Elle ne répondit pas. Hugo ne dit rien. Alors, brusquement, Duncan se sentit extrêmement mal à l'aise. Leurs visages accusateurs, leur attitude de réprobation et même de dégoût... c'en était trop pour lui. Les battements de son cœur s'accélèrent. Il se rassura en se disant que ce n'était pas forcément inquiétant, que c'était les douleurs qu'il devait redouter, et non les palpitations. Il prit dans sa poche l'une de ses petites pilules blanches et l'avala avec ostentation, de façon à donner des remords aux deux autres.

Comme ils ne parlaient toujours pas, il dit :

– A présent, je crois que je vais m'en aller.

– Déjà? protesta Elizabeth. Vous n'avez même pas pris le café!

– Vraiment, j'aime autant...

– Vous allez rester prendre le café, l'interrompit-elle fermement, presque durement. – J'insiste, ajouta-t-elle avec un sourire forcé.

Une fois installés au salon, ils lui proposèrent du cognac. Il refusa, parce qu'il avait de la route à faire et qu'il commençait à avoir vraiment envie de s'en aller. Hugo, lui, se versa un grand verre, qu'il se mit à boire à longues gorgées – ce qui n'est pas la bonne façon de boire du cognac, à moins qu'on ne veuille se remettre d'un choc ou se préparer à affronter une épreuve. De son côté, Elizabeth commentait d'une voix monotone le journal du soir, et plus particulièrement l'affaire criminelle dont il était question en première page.

– Il faut vraiment que je m'en aille, dit Duncan.

– Resservez-vous de café, il n'est pas encore dix heures.

Pourquoi voulaient-ils absolument le retenir? Ou plutôt, pourquoi voulait-*elle*...! Hugo était de nouveau occupé avec la bouteille de cognac. Duncan se fit la réflexion que sa compagnie devait leur être aussi pénible que l'était la leur pour lui. Ils avaient obtenu ce qu'ils désiraient, que leur fallait-il de plus? Il but sa deuxième tasse de café si précipitamment qu'il se brûla la langue. Enfin, il se leva.

– Je vais chercher un parapluie, dit Hugo. Je sortirai avec vous pour vous abriter.

– Merci.

C'était terminé. Il n'avait plus qu'à prendre congé, et il n'aurait plus jamais besoin de les revoir. Mais il eut soudain le pressentiment qu'il ne quitterait pas aussi vite cette maison. Depuis qu'il avait fait son petit discours, pendant le dîner, l'atmosphère s'était considérablement alourdie.

– Bonsoir, Elizabeth, dit-il. – Quelles platitudes allait-il pouvoir lui servir sans avoir l'air trop ridicule? – Merci pour ce bon dîner. Et à un de ces jours, sans doute.

– Je l'espère, Duncan.

Elle ne lui tendit pas la joue. La pluie s'engouffrait par la porte ouverte, trempant sa jupe longue, mais elle ne semblait pas s'en apercevoir. Debout sur le seuil, elle le regarda s'enfoncer dans la nuit avec Hugo. Elle laissa les lumières allumées dans le hall pour les guider jusqu'à l'angle de la maison.

Sitôt qu'ils eurent dépassé l'angle, Duncan sentit un frisson désagréable le parcourir de la tête aux pieds. Les phares de sa voiture étaient allumés, mais ils n'éclairaient déjà pratiquement plus.

– Oh, non! Comment ai-je pu être distrait à ce point?

– Vous avez dû allumer vos phares pour trouver le chemin de la porte, et puis vous avez oublié de les éteindre.

– Je suis *sûr* que non!

– Il n'y a pas d'autre explication. Tenez le parapluie, je vais essayer le contact.

Laissant Duncan sur le sentier boueux, Hugo s'assit derrière le volant et inséra la clef de contact. Les phares clignotèrent et s'éteignirent. Rien d'autre ne se produisit. Il faisait maintenant nuit noire.

– Rien à faire, dit Hugo. La batterie est à plat.
– Ce n'est pas possible!
– Je crains que si. Essayez vous-même.
Duncan essaya à son tour, sans plus de succès. Il transpirait abondamment.
– Nous ferions mieux de rentrer dans la maison. Ici, on va se faire tremper.
– Que se passe-t-il? s'écria Elizabeth, qui était restée sur le seuil de la porte.
– Sa batterie est à plat. La voiture refuse de démarrer.
Bien sûr, ce n'était pas de leur faute; mais pour Duncan, cela ne faisait aucune différence. Après tout, c'était bien eux qui l'avaient fait venir ici – qui plus est, dans un but malveillant. Il ne prit pas la peine de dissimuler sa contrariété.
– Je vais en être réduit à emprunter votre voiture, Hugo.
Elizabeth referma la porte.
– Nous n'avons plus de voiture, Duncan; c'était une trop grosse dépense. Nous l'avons vendue pour permettre aux enfants de poursuivre leurs études.
– Je vois. Dans ce cas, je vais simplement vous demander l'autorisation de me servir de votre téléphone. – Un bref coup d'œil sur le visage d'Elizabeth lui apprit que cela n'allait pas être possible non plus. – Ne me dites pas qu'on vous a aussi coupé le téléphone? Quelle poisse! Non, mais quelle poisse!
– C'est nous qui avons résilié notre abonnement; nous n'en avions plus besoin. Je suis désolée, Duncan, mais je ne sais que vous proposer. En attendant, nous pouvons toujours aller nous asseoir dans le salon; il y fera plus chaud.
– Je ne veux pas m'asseoir, cria presque Duncan. Il faut que je rentre chez moi! – D'un geste sec, il se libéra de l'étreinte d'Elizabeth qui emprisonnait son bras. – Il ne me reste plus qu'à aller à pied jusqu'à la maison la plus proche, en espérant que *là* il y aura un téléphone.

Hugo ouvrit la porte. Dehors, il tombait des cordes.

– Sous cette pluie?

– Et que voulez-vous que je fasse d'autre? s'écria Duncan avec irritation.

– Passer la nuit ici, répondit calmement Elizabeth. Je ne vois pas d'autre solution.

Le lit était exactement comme on pouvait s'attendre à trouver un lit sous le toit des Crouch : dur, froid et étroit. Elizabeth lui avait donné une bouillotte – un objet grotesque comme il n'en avait plus vu depuis dix ans. Et Hugo lui avait prêté un pyjama. Il avait eu beau protester au début qu'il lui était impossible de rester, qu'il devait bien exister une autre solution, il avait fini par s'incliner. On ne pouvait pourtant pas dire que leur proposition avait été enthousiaste : ils l'avaient formulée du bout des lèvres, avec une sorte de résignation. Allongé dans le noir, la bouillotte serrée entre les genoux, Duncan réfléchissait à la situation. Oui, c'était bien cela : de la résignation. Ils s'étaient comportés comme si cette issue était inévitable, comme s'il n'avait aucun moyen de fuir et était obligé, bon gré mal gré, de rester sous leur toit.

Fuir était un mot exagéré, bien sûr – mais c'est le genre de mot qu'on emploie quand on est retenu prisonnier toute une nuit chez des gens qui vous sont ouvertement hostiles. Comment avait-il bien pu laisser les phares de sa voiture allumés? C'était à n'y rien comprendre. Pourtant, c'était sûrement ce qui s'était passé. Pourquoi se seraient-ils amusés à décharger la batterie?

Il aurait bien voulu qu'ils se décident à aller se coucher. Ce rai de lumière autour du chambranle de la porte l'exaspérait. En plus, il les entendait parler en bas; on ne comprenait pas ce qu'ils disaient, mais c'était tout aussi gênant. Ces maisons victoriennes étaient construites n'importe comment : on entendait le moindre bruit. A en juger d'après le clapotement de la pluie sur le toit, on aurait aussi bien pu croire que les ardoises étaient en carton. Ça n'allait pas être commode de dormir dans ces conditions. Comment voulait-on qu'il dorme avec ce bruit, sans compter les soucis du moment : faire dépanner sa voiture, trouver un moyen de locomotion pour se rendre au bureau...

Le fait qu'ils restent debout aussi tard le mettait mal à l'aise. Surtout qu'Elizabeth lui avait dit :

– Servez-vous en premier de la salle de bain, Duncan, nous vous suivrons.

Tu parles! Cela faisait déjà plus d'une demi-heure que la place était libre. Il alluma sa lampe de chevet et vit qu'il était onze heures et demie. Ils auraient peut-être intérêt à se coucher s'ils voulaient pouvoir se lever pour aller, lui à son cours de comptabilité, elle à son école.

De nouveau dans le noir – à part le contour lumineux de la porte – il se remit à réfléchir au mystère de la batterie à plat. Il était persuadé d'avoir éteint ses phares. Evidemment, il pouvait se tromper – surtout bouleversé comme il l'était. Ils s'étaient vraiment comportés avec lui d'une façon horrible; le pire moment avait été celui où il était resté seul avec Hugo pendant que cette femme allait sortir son poulet du four. N'empêche, elle avait mis un sacré bout de temps pour aller le chercher, son poulet. Se pouvait-il...? Non, seule une folle aurait pu faire une chose pareille. D'ailleurs, à quel mobile aurait-elle obéi? Il est sûr que quand on habite dans un endroit isolé, le meilleur moyen de garder quelqu'un chez soi pour la nuit – si on veut *vraiment* le retenir – est de mettre sa voiture hors d'usage. Duncan frissonna.

Ah, les voilà qui montaient enfin. Toute la maison craqua, les marches de l'escalier grincèrent comme un vieux violon cassé. Il entendit Hugo marmonner quelque chose – de toute évidence, il avait bu beaucoup trop de cognac – et sa femme répondre :

– Pour le reste, laisse-moi faire...

Un autre frisson – qui n'avait rien à voir avec le

froid – le parcourut tout entier. Pourquoi frissonnait-il ainsi? Ce qu'elle venait de dire était parfaitement naturel. C'était ce que n'importe quelle femme disait à son mari avant d'aller se coucher : Mets-toi au lit, je me charge de fermer les volets et d'éteindre les lumières. Mais la phrase précise qu'elle avait prononcée lui était familière, dans un tout autre contexte. Il tourna le dos au rectangle lumineux de la porte et tenta de se remémorer où il l'avait déjà entendue. Etait-ce la réplique d'une pièce? Oui... c'était une citation de *Macbeth*. C'est la phrase que prononce Lady Macbeth lorsqu'elle complote avec son mari le meurtre du vieux roi. Comment s'appelait-il, déjà, ce vieux roi? Douglas? Donal?

Quelqu'un sortit de la salle de bains et quelqu'un d'autre y entra. Mettaient-ils toujours autant de temps à se coucher? On actionna la chasse d'eau et un torrent se déversa par les tuyaux – qui, comme par hasard, passaient juste sous son lit. Des pas traversèrent le palier et une porte se referma. Apparemment, ils dormaient dans la chambre attenante à la sienne. Il se retourna dans son lit, impatient de voir s'éteindre la lumière du couloir. C'était regrettable qu'il n'y eût pas de clef dans la serrure de la porte; il aurait préféré s'enfermer pour la nuit.

Sitôt que cette pensée eut traversé son cerveau, il se rendit compte de son énormité. Fermer à clef la porte de sa chambre dans une maison privée? Quelle idée! Et si son hôtesse venait lui apporter une tasse de thé le lendemain matin? Elle trouverait certainement cette précaution très étrange. Or, il se pouvait très bien qu'Elizabeth entrât dans sa chambre. Elle avait déjà mis une bouillotte dans son lit et posé un verre d'eau sur la table de chevet. D'ailleurs, pourquoi aurait-il éprouvé le besoin de fermer sa porte à clef? Ce n'était pas sérieux. Tiens... il y avait *encore* quelqu'un dans la salle de bains.

Brusquement, il pensa à cet employé qu'il avait renvoyé autrefois et qui avait proféré des menaces contre lui. L'homme avait dit :

– Ne croyez surtout pas vous en tirer comme ça. Si jamais je revois votre sale bobine, vous n'aurez pas le temps de le regretter!

En fin de compte, Duncan s'en était tiré comme ça et n'avait rien eu à regretter du tout. Mais il avait bien fait attention de rester hors de vue du type en question... Ah, la lumière s'était enfin éteinte. Maintenant, se dit-il, essaie de dormir. Fais le vide dans ton esprit, pense à quelque chose d'agréable. Tes prochaines vacances à la villa, par exemple.

Les jardins seraient magnifiques avec les lauriers-roses et les bougainvillées. Il s'installerait sur la terrasse, en plein soleil de façon à réchauffer ses vieux os, et il contemplerait à travers les pins le triangle bleu de la Méditerranée, d'un bleu plus doux et plus profond que les yeux de cette femme... Qu'importe cette femme! N'y pense plus. Peut-être se déciderait-il à faire surélever et agrandir la terrasse. Ça lui coûterait sans doute beaucoup d'argent, mais c'était *son* argent. N'avait-il pas le droit d'en disposer à sa guise? Il lui faudrait essayer d'être moins sensible, de ne pas se laisser culpabiliser par cette absurde « conscience sociale » qui lui posait quelquefois des problèmes. Heureusement, se dit-il avec un petit gloussement, ce n'était pas cela qui l'empêchait de dépenser son argent et de jouir de la vie. C'était contrariant, sans plus.

Il ferait donc agrandir la terrasse, et il en profiterait pour faire poser dans le salon des dalles en marbre noir. Selon les prévisions, les bénéfices de Frasers allaient connaître une nouvelle hausse cette année. Peut-être pourrait-il engager ce Churchouse pour faire les travaux d'imprimerie? S'il était réellement aux abois, désespéré, il accepterait avec reconnaissance n'importe quel travail, même sans être très bien payé...

Ah, non, c'en était trop! Voilà qu'ils se mettaient à parler à côté. Il entendait à travers la cloison leurs chuchotements hystériques. Ils formaient vraiment un sacré couple, ces deux-là; en tout cas, l'humour leur faisait totalement défaut. Ils étaient excessifs, comme des personnages de tragédie.

*Le plaisir d'un travail en guérit la peine* – Macbeth avait dit cela; Macbeth, qui avait assassiné le vieux roi. Et Elizabeth lui avait dit la même chose, à lui, Duncan, au moment où ils s'étaient mis à table. *Duncan!* Le roi s'appelait Duncan! Comment avait-il pu l'oublier? Et il s'appelait Duncan, lui aussi, comme le vieux roi. D'ailleurs, d'une certaine façon, il était lui-même un vieux roi – le monarque régnant sur l'empire Frasers.

Il se redressa et alluma la lampe. La lumière le réconforta. Plus il y réfléchissait, plus il était persuadé d'avoir éteint les phares de sa voiture. *Pour le reste, laisse-moi faire...* Pourquoi dire cela? Pourquoi ne pas dire, comme tout le monde : « Je m'occupe de tout »? Macbeth et son épouse avaient accueilli le vieux roi sous leur toit et l'avaient assassiné dans son lit, alors qu'il ne leur avait fait aucun mal. Son seul tort avait été d'être roi. Donc, en fin de compte, le parallèle n'était pas très satisfaisant. Car lui – Duncan Fraser – avait fait quelque chose à Hugo, quelque chose qui méritait vengeance. Il avait renvoyé Hugo Crouch, l'avait privé de ses moyens d'existence. Il n'y avait pas de parallèle.

Il éteignit la lampe et soupira. Ça continuait à chuchoter à côté. Il entendit craquer le plancher lorsque l'un des deux sortit de la chambre. Il n'y avait pas de parallèle; c'était bien pire... Lady Macbeth et son mari, eux, n'avaient eu aucun motif, absolument aucun... Des gouttes de sueur perlèrent sur son front. Il tendit le bras et prit le verre d'eau sur la table de chevet. Mais il ne but pas. C'était stupide, mais... Le jour se lèverait bientôt. *Oh! jamais le soleil ne verra ce demain...!* Encore une citation. Etait-il besoin de se demander d'où elle était extraite?

Celui des deux qui était allé faire un tour dans la salle de bains avait maintenant regagné la chambre voisine. Pour quelques instants seulement. De nouveau,

Duncan entendit le plancher craquer. De nouveau, quelqu'un se promenait sur le palier obscur. Il devait faire noir comme dans un four, car cette fois ils n'avaient pas allumé. Brusquement, Duncan eut peur. Il n'avait jamais ressenti cette peur animale depuis le jour où, petit garçon, on l'avait enfermé dans le placard de la nursery, dans le presbytère de son père. Il ne fallait pas qu'il ait peur, il ne fallait pas... Il devait penser à son cœur. D'ailleurs, pourquoi voudraient-ils se venger? Il leur avait expliqué ses raisons. Il leur avait dit la vérité.

Les ténèbres étaient si épaisses qu'il ne vit pas tourner le bouton de la porte. Il entendit seulement un léger grincement. Son cœur se mit à cogner contre sa poitrine; il se redressa contre le mur, le corps raidi. *L'autre* était maintenant dans la chambre. Duncan pouvait distinguer son ombre, vague silhouette noire dans l'obscurité.

– Que...? Qui...? hoqueta-t-il, la gorge sèche.

L'ombre fit volte-face et se glissa jusqu'à la porte, qui se referma doucement. Ils étaient venus voir s'il dormait. Ils voulaient l'assassiner pendant son sommeil. Il s'assit dans son lit, alluma la lampe et enfouit son visage dans ses mains. *Oh! jamais le soleil ne verra ce demain...!* Que faire, mon Dieu, que faire? Il pourrait tenter de bloquer la porte avec les meubles. Avec cette lourde armoire, son lit et le fauteuil, il devrait y arriver. Sa gorge était complètement desséchée. Il prit le verre d'eau et en but une longue gorgée. Qu'est-ce qu'on gelait dans cette chambre!

A côté, les chuchotements avaient cessé. Ils attendaient en silence. Duncan se leva et s'enveloppa dans son pardessus. Claquant des dents, il entreprit de déplacer les meubles, mais ce n'était pas aussi simple qu'il l'avait cru. Le montant du lit, en particulier, qui paraissait si petit et étroit quand on était dedans, était affreusement lourd, impossible à bouger.

Ce fut lors de sa deuxième tentative qu'il ressentit la douleur – une douleur fulgurante dans sa poitrine et le long de son bras gauche. C'était comme si une main de fer chauffée à blanc l'enserrait lentement dans son étreinte. Les doigts de feu trituraient tout son corps, pressaient impitoyablement ses côtes. Il était couvert de sueur, comme si la température de la pièce s'était soudain considérablement élevée. Mon Dieu... l'eau du verre! Il fallait qu'ils appellent un médecin, il le fallait, ils ne pouvaient pas le laisser mourir comme ça, sans lui venir en aide. Ils auraient bien pitié de lui. Il était vieux et las, et il avait le cœur malade.

Il enroula son pardessus autour du point douloureux et sortit en titubant dans le couloir obscur. La porte de leur chambre... où était la porte de leur chambre? Il finit par la trouver, en tâtonnant comme un animal pris au piège. D'un coup de pied, il l'ouvrit et resta sur le seuil, courbé en deux, les mains pressées sur son cœur qui battait la chamade.

Ils étaient assis sur le lit, le dos tourné, leurs silhouettes se profilant contre la lumière de la lampe de chevet.

– Aidez-moi... gémit-il, je vous en prie, aidez-moi. Ne me tuez pas. Je vous en supplie, ne me tuez pas. Je me traîne à vos genoux... Je sais que j'ai fait quelque chose de mal, quelque chose de terrible. Ce n'était pas une erreur de jugement. J'ai renvoyé Hugo parce qu'il s'occupait trop des problèmes du personnel. Il voulait augmenter les salaires de tout le monde et... je ne pouvais pas le laisser faire. Je voulais une nouvelle voiture, de belles vacances. Et puis, il fallait que je m'achète ma villa. Elle est si belle, ma villa, avec ses grands jardins... Oui, je sais, j'ai été cupide, mais je supporte le poids du remords depuis des mois; ma conscience ne me laisse pas un seul jour en repos...

Ils tournèrent vers lui leurs deux visages livides, implacables, impitoyables. Puis, lentement, ils se levèrent.

– Ayez pitié de moi! hurla-t-il. Ne me tuez pas! Je vous donnerai tout ce que j'ai, je vous donnerai un million...

Mais il était trop tard : ils l'avaient déjà saisi de leurs mains vengeresses. Elle lui avait bien dit qu'il était trop tard.

– Dans notre maison! dit-elle.

– Exactement ce qu'a dit Lady Macbeth, murmura Hugo. Mais quelle importance, que ça se soit passé dans notre maison ou ailleurs?

– Je regrette bien de l'avoir invité.

– Ça, c'était ton idée. Tu voulais absolument l'avoir à dîner, sous prétexte qu'il était veuf et sans amis. Moi, je n'étais pas d'accord. Tu parles d'une soirée réussie! Cette façon qu'il avait d'insister pour parler de mon licenciement, alors que nous voulions éviter le sujet à tout prix... Un vrai cauchemar! J'étais au bord de la crise de nerfs quand il a fallu lui proposer de passer la nuit ici.

– Qu'est-ce que nous allons faire? demanda Elizabeth.

– Je suppose qu'il faut prévenir la police – ou un médecin. Il ne pleut plus. Je vais m'habiller et essayer de trouver un téléphone.

– Dans l'état où tu es? Tu n'as pas arrêté de vomir!

– Ça va mieux maintenant. C'est ma faute, j'ai bu beaucoup trop de cognac. Mais le dîner avait été tellement éprouvant... C'est affolant d'être trois autour d'une table et de ne pas savoir quoi se dire, de quoi parler. N'empêche, quelle histoire! Il allait pourtant bien, quand tu es entrée dans sa chambre tout-à-l'heure?

– Je voulais m'excuser pour le vacarme que tu faisais dans la salle de bains, mais il dormait déjà à moitié. Tu as compris quelque chose à ce qu'il essayait de nous dire quand il est entré? Moi, rien du tout.

– Moi non plus. Il divaguait complètement. De toute façon, nous n'aurions rien pu faire pour lui, ma chérie. Nous avons tenté de le rattraper avant qu'il ne tombe.

– Je sais...
– Il avait le cœur malade.
– Au physique comme au moral, le pauvre homme... dit Elizabeth.

Et elle alla chercher une couverture, avec laquelle elle recouvrit le cadavre de Duncan.

## LA MÈRE DE VINAIGRE

Ceci s'est passé lorsque j'avais onze ans.

A l'époque, Mop Felton était en classe avec moi et était censée être mon amie. Je dis « était censée », parce qu'en réalité je ne l'aimais pas beaucoup. Je n'avais jamais aimé Mop. Elle était néanmoins mon amie, du fait qu'elle habitait à deux pas de la maison, que nous étions du même âge et que mes parents – quoique n'étant pas particulièrement liés avec les Felton – en avaient décidé ainsi.

Mop était une fille nerveuse, hypertendue, un peu bizarre. Par certains côtés, elle faisait beaucoup plus mûre que son âge, et par d'autres beaucoup plus jeune. En y réfléchissant maintenant, je pense qu'elle n'avait aucune confiance en soi mais beaucoup d'amour-propre. Elle était fille unique, ce qui se sentait dans son caractère : dès qu'on la taquinait un peu, elle piquait de violentes colères ou s'enfermait dans d'interminables bouderies. Elle était grande, brune et maigrichonne, et ce n'étaient certainement pas ses cheveux, fins et plats, qui lui avaient valu d'être surnommée Mop(1). Son véritable prénom était Alicia. A dire vrai, je n'ai jamais compris pourquoi nous l'appelions Mop.

Nous étions très portées sur les surnoms. Peut-être toutes les collégiennes sont-elles ainsi; je ne sais. En

(1) En anglais, « mop » signifie « tignasse ».

tout cas, nos trouvailles ne se distinguaient guère par la subtilité : ainsi, j'avais moi-même été baptisée Margarine, mon prénom étant Margaret... Toutes les filles étaient dotées d'un sobriquet, plus ou moins judicieusement choisi. Naturellement, nous ne nous appelions jamais par nos surnoms en présence d'un adulte, afin d'en préserver le secret – car c'était, à nos yeux, ce qui en faisait le charme.

Mais Mr. Felton, lui, était au courant. Ainsi, lorsqu'il rentrait de son travail le soir et pénétrait dans une pièce où nous nous trouvions, Mop et moi, nous avions la surprise de l'entendre s'exclamer :

– Alors, comment va ma petite Mop? – ou bien, s'adressant à moi : – Mais c'est cette bonne petite Margarine!

Je prenais le parti de glousser, ce qui était ma façon de me tirer d'une situation embarrassante. J'étais une enfant observatrice mais pas très psychologue. Je ne me rappelle pas avoir jamais plaint Mop d'avoir un père qui se comportât avec elle – à cinquante ans passés – comme un grand frère. Mais je n'en étais que plus satisfaite de voir mon propre père, lorsque Mop entrait avec moi dans le salon, lever les yeux de son journal en marmonnant :

– Bonjour... euh... Alicia, si je ne me trompe?

Les Felton étaient d'un rang social légèrement plus élevé que le nôtre; c'était là un fait que j'acceptais sans discussion ni rancœur. Leur maison était plus grande que la nôtre, ils possédaient chacun une voiture et donnaient souvent de grands dîners chez eux. En ces occasions-là, Mr. Felton servait à Mop un demi-verre de xérès, en disant :

– Je ne veux pas que ma fille grandisse dans l'ignorance du bon vin.

Si j'étais moi-même présente à ces moments-là, j'avais également le droit de boire un peu de xérès. C'était un vin très sec, jaune pâle – comme la pierre que Mrs. Felton portait à l'annulaire de la main gauche et qui recouvrait complètement son alliance.

Ils avaient un cottage à la campagne, où ils allaient tous les week-ends et où ils passaient les vacances d'été. Une fois, ils m'avaient emmenée là-bas pour une journée. Au début de l'été qui suivit mon onzième anniversaire, Mr. Felton proposa à Mop :

– Pourquoi n'emmènerais-tu pas cette chère Margarine pour les grandes vacances?

Il me paraît étrange, à présent, que j'aie pu avoir envie d'y aller. Mon enfance était très heureuse et j'entretenais d'excellentes relations, calmes et sans problèmes, avec mes parents et mes frères. J'avais beaucoup de petites amies que j'aimais beaucoup plus que Mop – dont les rages, les caprices et les bouderies m'exaspéraient. Et je détestais Mrs. Felton plus que n'importe quel adulte de mon entourage.

Pourtant, j'avais très envie d'y aller. A dire vrai, j'avais déjà commencé, à l'époque, à développer ma passion pour les maisons – cette passion qui m'a amenée à devenir architecte. Or l'unique journée que j'avais passée dans le cottage des Felton avait suffi à m'en faire tomber amoureuse. Baptisé du nom prétentieux (mais ô combien enivrant!) de *Sanctuaire*, ce cottage était une merveilleuse construction de bois et de torchis, avec un toit en chaume, datant de quatre cents ans; le rêve pour une fille comme moi, qui avais passé toute ma vie dans une hideuse villa des faubourgs de Londres. J'avais une envie folle de dormir entre ces murs antiques, de fouler ces planchers vermoulus qui avaient existé du temps de l'Invincible Armada, de presser mon visage contre les carreaux des hautes et orgueilleuses fenêtres.

Ma mère se fit un peu tirer l'oreille. Elle voulait bien que je sois amie avec Mop, mais j'avais remarqué en plusieurs occasions qu'elle n'aimait pas me voir dépendre directement de Mrs. Felton.

– Et Mr. Felton, lui, ne sera là que les week-ends, précisa-t-elle.

– Si jamais Margaret ne se plaît pas là-bas, intervint mon père, elle pourra toujours nous écrire pour nous demander de lui envoyer un télégramme disant que tu t'es cassé une jambe.

– Et puis quoi encore? protesta ma mère. Je voudrais bien que tu ne donnes pas aux enfants l'habitude de mentir.

Elle finit pourtant par accepter. Il fut convenu que si j'étais trop malheureuse, je devais leur téléphoner d'une cabine publique, et qu'ils m'écriraient pour dire que ma grand-mère me réclamait auprès d'elle.

Ce qui, apparemment, ne risquait pas de me donner l'habitude de mentir.

Au début, je ne fus pas du tout malheureuse. Il me fallut même un certain temps pour me sentir mal à l'aise. Il y avait des tas de choses à faire : notre principale occupation consistait à ramasser des fruits pour Mr. Gould, le fermier, en échange d'un peu d'argent. C'était là une activité que Mrs. Felton semblait juger indigne de notre condition; pour sa part, elle ne fréquentait pas les fermiers ni les ouvriers agricoles. Sa meilleure amie était une certaine Lady Elsworthy, une vieille dame que son titre de noblesse plaçait, dans mon estimation, au tout premier rang de l'aristocratie. Je m'ennuyais ferme lorsqu'elle venait à *Sanctuaire* avec son fils; je préférais de beaucoup la compagnie de Mrs. Potter, notre voisine la plus proche, une brave femme tout heureuse de rencontrer un juvénile enthousiasme pour l'architecture. Parfois, elle m'emmenait visiter de vieux châteaux des environs dont j'explorais les moindres recoins, émerveillée et ravie.

*Sanctuaire* comportait au rez-de-chaussée un petit salon, un vaste living-room servant également de salle à manger, une cuisine et une salle de bain, et deux chambres à l'étage. Les plafonds étaient bas, inclinés et surchargés de poutres apparentes – dont quelques-unes étaient sculptées. Il est probable que si je les revoyais aujourd'hui je les trouverais vulgaires, quoique les sachant parfaitement authentiques. De même que me paraîtrait vulgaire le mobilier des Felton, lequel se composait exclusivement de tables ou de fauteuils adroitement écornés en usine de façon à donner une convaincante impression d'usure et d'ancienneté.

Je le savais parce que Mr. Felton, lorsqu'il était là le week-end, ne manquait pas une occasion d'annoncer avec fierté :

– A votre avis, de quand date cette merveille, Lady Elsworthy? Un siècle et demi? Deux siècles?

Bien entendu, celle-ci n'en savait rien – ou était trop bien élevée pour le dire.

– La réponse est : un an! Ce meuble a été fabriqué en usine l'année dernière. Je défie quiconque n'est pas expert d'y voir une différence.

On nous offrait alors, à Mop et à moi, un demi-verre de xérès, sous l'œil amusé des adultes qui espéraient nous voir donner des signes de gaieté exagérée. Nous passions ensuite à table, où l'on servait du vin rouge ou du vin blanc – sans que nous y ayons droit, cette fois. Il y avait toujours du vin, même quand le dîner se composait – ce qui était le cas la plupart du temps – de sandwiches ou de toasts avec de la viande froide. Tous les samedis, Mr. Felton rapportait une douzaine de bouteilles dans un carton, mais je ne saurais dire si c'était du bon vin français ou cette piquette exportée d'Algérie, que mon père appelait « du pinard ». Malgré les efforts de Mr. Felton pour m'éduquer sur ce point, je ne suis jamais parvenue à m'y connaître en vins.

Mais le vin joue un rôle dans cette histoire – un rôle important.

Un beau soir, après avoir bu une gorgée de son verre rempli d'un liquide rouge sombre – rouge sang – Lady Elsworthy déclara :

– Même si vous ne buvez pas beaucoup de vin, ma chère, il faut absolument que vous ayez une mère de vinaigre.

Sur le moment, je ne fus pas la seule à pouffer de rire. Il y eut des cris « Une *quoi?* », des gloussements moqueurs, des plaisanteries faciles. Nullement démontée, Lady Elsworthy entreprit alors de nous expliquer qu'une mère de vinaigre était une fermentation acétique servant à transformer le vin en vinaigre. Son fils – que les adultes appelaient Peter – fournit les détails techniques et répondit aux questions intéressées des Potter. De temps à autre, quelqu'un s'écriait :

– Une mère de vinaigre! Non, mais quel nom!

Comme le sujet ne me passionnait pas outre mesure, je sortis dans le jardin, où Mop me rejoignit au bout de quelques minutes. Comme toujours, elle avait un livre à la main. Mais au lieu de s'asseoir et de se plonger dans sa lecture – comme elle le faisait d'habitude – elle resta debout près de moi, le regard perdu dans le lointain, au-delà de Stour Valley et des collines de Weeping Hills. L'expression butée de son visage annonçait une explosion de rage imminente. Je lui demandai ce qui n'allait pas.

– J'ai mal au cœur.

Je savais que ce n'était pas vrai, mais je lui demandai quand même pourquoi.

– C'est cette horrible bonne femme, avec les horreurs qu'elle a racontées... Elle a dit que ça ressemblait à un bout de foie dans une bouteille. – Ses lèvres tremblaient – Pourquoi est-ce qu'elle appelle ça une *mère* de vinaigre?

– Je ne sais pas, répondis-je. Peut-être parce que les mères font des enfants et que ce truc-là fait du vinaigre.

Furieuse, elle donna un coup de pied dans l'arbre.

– On descend jusqu'à l'étang, proposai-je, ou est-ce que tu préfères lire?

Elle ne répondit pas. J'allai donc seule jusqu'à l'étang et restai un long moment à observer les chauve-souris, ombres mouvantes se détachant sur le ciel vert pâle. Mop lisait dans son lit lorsque je regagnai notre chambre. Quoique n'étant pas moi-même très portée sur la lecture, je me souviens encore des livres qu'elle aimait; ma mère m'avait dit un jour que ce n'étaient pas « des ouvrages à mettre entre toutes les mains ». Ce soir-là, c'était *Oncle Silas*, de Sheridan Le Fanu, qui faisait les délices de Mop; elle venait de terminer les *Histoires de fantômes d'un Antiquaire*, du Dr James. Je ne crois pas, à l'époque, avoir établi une relation quelconque entre ses goûts littéraires et sa réaction à la mère de vinaigre, ni avoir attribué cette dernière à un manque d'amour de la part de sa mère. J'étais beaucoup trop jeune pour me livrer à de tels rapprochements. Personnellement, la conversation du dîner ne m'avait pas du tout traumatisée; j'allai me coucher, sans le moindre pressentiment des événements à venir.

Le lendemain matin, lorsque nous revînmes de l'église, Mop et moi – Mrs. et Mrs. Felton nous y envoyaient régulièrement, plus, je pense, par souci d'impressionner les voisins que par véritable piété – nous trouvâmes les Elsworthy au salon. Lady Elsworthy, son fils et Mrs. Felton étaient absorbés dans la contemplation d'une sorte de bocal en verre, contenant un liquide brun sur lequel flottait une mince membrane ayant tout à fait l'apparence d'une tranche de foie.

– Ça vit, déclara Mop. C'est un genre d'animal.

Lady Elsworthy lui dit de ne pas être stupide et Mrs. Felton éclata de rire. Je pensai à part moi que ma mère aurait été mécontente si une invitée s'était permis de me dire de nc pas être stupide. Je pensai aussi que, cette fois, Mop allait *vraiment* avoir mal au cœur.

– On ne va pas garder ça, hein, maman? murmura-t-elle.

– Naturellement, que nous allons la garder, s'écria Mrs. Felton. Comment oses-tu parler ainsi, alors que Lady Elsworthy a eu l'amabilité de me la donner? A partir de maintenant, nous n'aurons plus besoin d'acheter ce vinaigre infect qu'on vend dans le commerce.

– Le vinaigre ne coûte pas cher, dit Mop.

– Voilà bien les enfants! Pour eux, c'est comme si l'argent poussait sur les arbres!

Lady Elsworthy donna ensuite ses instructions pour l'entretien de la mère de vinaigre. Il fallait la conserver dans une pièce chaude (Pas dans votre cuisine pleine de courants d'air, ma chère) et lui donner du vin, des fonds de bouteille.

– ... mais pas du vin blanc. Peter vous expliquera pourquoi; moi, je n'y connais rien à ces détails scientifiques. Il faut aussi prendre garde de ne pas la toucher avec un couteau ou une cuillère en métal.

– Si on la touche avec du métal, elle se ratatinera et mourra, intervint Peter Elsworthy. Vous voyez, par certains côtés, c'est une plante très tendre.

Mop sortit en claquant la porte. Sans y prêter attention, Lady Elsworthy se pencha sur le bocal, le souleva avec précaution et l'installa à l'abri de la lumière et du froid. J'entendais dans le jardin le bourdonnement de la tondeuse à gazon, actionnée par Mr. Felton. Les deux autres s'étaient un peu écartés de la fenêtre, de la grande flaque de soleil dans laquelle ils baignaient lorsque nous étions entrées. Peter Elsworthy continuait à parler de la plante. Soudain, ses yeux rencontrèrent ceux de Mrs. Felton et ils échangèrent un regard mystérieux, incompréhensible pour moi. Le visage de Peter, étrangement, s'adoucit. Cela me donna envie de rire, comme il m'arrivait de rire au cinéma, mais je sentais que ce n'était ni l'endroit ni le moment. Je sortis donc dans le jardin, où je laissai libre cours à mon hilarité.

Mais je n'étais pas seule : Mr. Felton surgit derrière moi, poussant la tondeuse à gazon. Son visage était rouge et humide comme l'intérieur d'un steak bien saignant.

– Qu'y a-t-il de si drôle, ma petite Margarine? Ote-toi de mon chemin si tu ne veux pas que je te coupe la queue!

Nous étions au mois d'août, l'époque de la chasse.

Tous les dimanches après-midi, il allait chercher son fusil à la cuisine et partait traquer les lapins. A mon avis, il ne faisait pas cela par plaisir de manger du lapin, mais plutôt par besoin de se montrer à la hauteur des Elsworthy, qui tiraient à vue sur tout gibier non protégé, à poils ou à plumes. Heureusement, c'était un piètre tireur; je me sentais toujours soulagée de le voir revenir les mains vides. Le dimanche soir, il retournait à Londres.

– Ton pauvre vieux père doit reprendre le collier, disait-il en soupirant. Prends bien soin de toi, ma petite Mop. – Et il ajoutait, avec un clin d'œil à mon adresse : – Quant à toi, Margarine, attention de ne pas fondre au soleil!

Ce dimanche-là, Mrs. Felton lui fit promettre de rapporter le week-end suivant une douzaine de bouteilles de vin supplémentaires.

– Il me faut des provisions pour ma mère de vinaigre.

– C'est idiot de gâcher du vin pour faire du vinaigre, déclara Mop avec humeur.

Je me suis longtemps demandé pourquoi, au moment du départ de Mr. Felton, elle se montrait si hargneuse avec ses parents, pourquoi elle les regardait de cet air maussade, les poings serrés. Aujourd'hui, j'en connais la raison : malgré son apparente indifférence et son agressivité envers ses parents, elle souhaitait désespérément les voir échanger des signes d'affection sincères – plus sincères, en tout cas, que le baiser gourmand que Mr. Felton déposait sur la joue apathique de Mrs. Felton. Mais elle attendait toujours en vain et, dès que la voiture avait disparu, ses bouderies et ses colères recommençaient de plus belle, apparemment inexplicables...

Une nouvelle semaine débuta ainsi, une semaine au cours de laquelle nos habitudes – jusque là d'une parfaite régularité – commencèrent à changer.

A l'instar d'un écrivain professionnel, j'ai peu à peu esquissé le personnage de Mrs. Felton – histoire d'éveiller votre curiosité – sans pour autant vous en donner la moindre description. Mais maintenant que j'ai annoncé son entrée en scène par la bouche de mes personnages (comme dans toute bonne pièce), je ne puis décemment vous faire attendre plus longtemps. Le rideau va donc se lever sur elle, dans un grand roulement de tambours.

C'était une femme grande et mince, à la peau très mate. Personnellement, je la trouvais vieille et laide, et je n'arrivais pas à comprendre cette remarque de ma mère à son sujet :

– Mrs. Felton est très belle pour qui aime ce type bohémien.

Elle devait avoir trente-sept ou trente-huit ans. Ses cheveux étaient noirs et crépus, comme un buisson de bruyères roussi par le feu, et ils poussaient si bas sur son front qu'ils en arrivaient presque à se confondre avec les sourcils noirs. Elle avait une grande bouche aux lèvres brunes et épaisses – jamais maquillées – et des yeux immenses dont le blanc faisait penser à des coquilles d'œuf humides.

A la campagne, elle se promenait en pantalon et chemisette, mais elle portait le plus souvent des vêtements d'un style très sophistiqué, qu'elle confectionnait elle-même. Je me souviens particulièrement d'un manteau à capuchon en étoffe de chanvre et d'une robe du soir en toile de lin brodée. Il était rare à l'époque que des femmes portent des capes ou des robes longues, que ce soit dans la journée ou le soir. Elle fumait des cigarettes à la chaîne et ses doigts étaient jaunis par la nicotine.

Son attitude envers moi consistait à m'ignorer presque totalement. Elle me donnait à manger, veillait à ce que je me lave convenablement et m'interdisait de sortir après la tombée de la nuit... mais à part cela, elle ne m'adressait pas la parole. Il faut croire qu'elle détestait les enfants, car Mop n'était pas beaucoup mieux traitée que moi. Mrs. Felton était de ces femmes qui ont pris la fâcheuse habitude de s'adresser à leurs enfants uniquement pour les gronder. Quels que fussent les efforts de Mop pour se montrer gentille ou avenante — et je crois qu'elle prenait beaucoup sur elle —, Mrs. Felton ne pouvait se résoudre à lui en faire compliment. Ou alors, si elle s'y décidait, c'était pour ajouter aussitôt :

— Oui, mais regarde-moi tes ongles! ou — D'accord, c'est très bien, mais n'aurais-tu pas pu choisir un autre moment? Et quand elle appelait « Alicia! » d'une voix sifflante, ce simple mot sur sa langue évoquait un petit serpent vert rampant hors de son trou pour cracher son venin.

Cependant, au début de cette troisième semaine, un subtil changement s'opéra en elle. Elle devint à la fois plus nerveuse et plus lointaine, comme absorbée dans ses pensées. Les peccadilles de Mop commencèrent à passer inaperçues; quant à moi, si j'arrivais en retard à table, je n'avais plus droit à l'habituel regard venimeux. Ce fut le mardi soir que la première bouteille de vin fit son apparition sur la table.

Nous dînâmes vers sept heures et demie ou huit heures (le repas était froid, comme d'habitude, mais plus consistant que le thé accompagné de pain beurré), après quoi on nous envoya au lit. Jusqu'à présent, personne n'avait encore jamais proposé de nous faire boire du vin. Même les week-ends, nous n'avions droit qu'à notre demi-verre de xérès, sans aucun extra. Mais ce soir-là, au coucher du soleil — je me rappelle la salle à manger inondée d'une lumière orangée, chaude et paisible — Mrs. Felton posa sur la table non pas le pot de tisane d'orge mais une bouteille de vin rouge et trois verres.

— Je n'aime pas le vin, dit Mop.

— Si, puisque tu aimes le xérès.

— Je n'aime pas celui-là; il est amer. Et puis Papa ne veut pas que je prenne de vin.

— Nous n'en dirons rien à Papa, voilà tout. Si c'est

trop amer, tu n'as qu'à mettre du sucre dedans. Te rends-tu compte que n'importe quel enfant de ton âge serait aux anges de pouvoir boire du vin à dîner? Mais toi, tu ne connais pas ton bonheur... Tu es incapable d'apprécier les bonnes choses.

– Si tu veux nous faire boire ça, c'est parce que tu as besoin du fond de la bouteille pour ton horrible mère de vinaigre, dit Mop.

– Elle n'est pas horrible du tout et je t'interdis de me parler sur ce ton, dit Mrs. Felton.

Il y avait comme du soulagement dans sa voix. Est-il possible que je me souvienne d'un tel détail? L'ai-je vraiment senti sur le moment? Non. C'est maintenant que je le sais, maintenant que les années ont passé et que j'ai compris, peu à peu, le sens caché des événements. Sur le moment, je n'ai perçu aucun soulagement. Je n'ai vu aucun motif indigne dans son insistance. Simplement, je ne comprenais pas l'intérêt de nous faire boire un liquide coûteux dans le but d'en transformer le dépôt en un liquide bon marché. Mais l'enfance est le royaume des apparences, et les enfants ont l'étrange pouvoir de ne pas s'étonner des choses les plus invraisemblables.

Je bus donc mon vin sans protester. Mop, elle, but le sien à contrecœur, après avoir versé du sucre dans son verre. Mrs. Felton vida le reste de la bouteille et versa le dépôt dans le récipient en verre, afin de régénérer la mère de vinaigre.

C'était la première fois de ma vie que je buvais du vin; je n'en avais jamais goûté auparavant. Il me monta si bien à la tête qu'aussitôt que je fus au lit, à neuf heures, je sombrai dans un profond et lourd sommeil.

Mop, elle, s'était endormie. Elle s'était couchée sans prendre le temps de faire sa toilette et j'entendais sa respiration oppressée tandis que j'enfilais ma chemise de nuit. C'était là un fait inhabituel : sans être exactement insomniaque, Mop avait un mauvais sommeil, surtout pour une fille de son âge. Tous les soirs, alors que je sentais un délicieux engourdissement m'envahir, je l'entendais remuer dans son lit ou même se lever pour faire les cent pas dans la chambre. Parfois, aussi, il lui arrivait de descendre chercher un verre d'eau – ou peut-être, plus simplement, la compagnie de sa mère. Le lendemain de ces expéditions nocturnes, pendant le petit déjeuner, Mrs. Felton, les yeux levés au ciel, se plaignait amèrement d'être affligée d'une enfant aussi nerveuse et compliquée, incapable de dormir paisiblement une nuit entière.

Ce mardi soir, cependant, Mop n'eut aucune difficulté à s'endormir. Mais le lendemain matin, elle m'expliqua qu'elle s'était réveillée à l'aube et était restée un long moment allongée sur son lit, les yeux grands ouverts. Elle avait entendu le clocher de l'église sonner deux heures, puis trois heures; à l'en croire, elle avait alors été prise d'un violent mal de tête et de curieux tremblements dans les bras et les jambes. Chose étrange, elle n'en parla pas à sa mère. Mais sa migraine avait dû se calmer dans la matinée, car lorsque je partis avec Mrs. Potter à dix heures pour assister à une vente aux enchères dans un château des environs, elle était allongée sur une couverture, dans le jardin, absorbée dans la lecture du livre que Mr. Felton lui avait rapporté le week-end précédent : *Cinquante Maisons Hantées*. Lorsque je revins à la maison, à une heure, elle était plongée – pour changer – dans les *Contes Horrifiques* de Blackwood.

Ce fut à dater de ce jour qu'elle commença à nourrir une véritable obsession à l'égard de la mère de vinaigre. A plusieurs reprises – au moins trois ou quatre fois – en entrant dans la salle à manger, je la trouvai penchée sur le cadeau de Lady Elsworthy, regardant avec fascination la culture enfermée dans le récipient. A mes yeux, ce spectacle n'avait rien de repoussant ni de sinistre; il n'avait même pas l'attrait de la nouveauté car j'avais vu dans le garde-manger de ma grand-mère une assiette de compote de fruits moisie, dont l'aspect n'était pas tellement différent de cette croûte de bactéries. Le visage de Mop, à la fois intéressé et écœuré, me fit éclater de rire – ce qui était une erreur, car elle se retourna aussitôt, le poing levé.

– Tais-toi, tais-toi! Je te déteste!

Le soir, pourtant, elle s'était calmée et me parlait comme si rien ne s'était passé. Assises sur le mur surplombant la route, nous observions les vaches de Mr. Gould qui s'en revenaient du pré par le sentier menant à la ferme. Des hirondelles, perchées sur les fils télégraphiques, formaient de jolis colliers de perles noires et blanches. Le ciel verdâtre était traversé de grands oiseaux majestueux regagnant à tire-d'aile de lointaines contrées.

– Je voudrais la toucher avec une cuiller et la voir se ratatiner et mourir, dit Mop.

– Elle le saurait.

– Qui ça, « elle »?

– Ta mère, évidemment! m'écriai-je, surprise de cette question dont la réponse était évidente. Qui d'autre veux-tu...?

– Je ne sais pas.

– Ce n'est guère qu'un vieux champignon, tu sais. Ça ne peut pas te faire de mal.

– Viens, Margarine, le dîner est servi. J'entends maman qui nous appelle.

On ne nous donna pas de vin ce soir-là. Par contre, dès le lendemain, la bouteille et les verres firent de nouveau leur apparition. Le repas était un peu plus consistant que d'habitude : un pâté en croûte accompagné de pommes de terre et de salade. Le vin devait être plus doux ce soir-là, ou d'un meilleur cru; en tout cas, je le trouvai si bon que j'en bus deux verres. Pas un instant je ne me demandai ce que mes parents – fermement anti-alcooliques – auraient pensé de leur fille. Et c'était bien normal : pour un enfant, les adultes incarnent la sagesse et la toute-puissance. Quelle que fût mon antipathie pour Mrs. Felton, je n'imaginais pas qu'elle pût me faire du mal ou laisser sans réagir quelqu'un me faire du mal.

Mop, elle aussi, obéit et but – sans protester, cette

fois. Sans doute essayait-elle encore d'entrer dans les bonnes grâces de sa mère. Nous allâmes nous coucher à neuf heures, et Mop s'endormit avant moi. Je dormis d'un sommeil aussi lourd que d'habitude, ce qui ne m'empêcha pas, en me réveillant le lendemain matin, de me rappeler – très confusément – que quelqu'un m'avait secoué pendant la nuit et m'avait parlé. Il était maintenant sept heures. Dehors, les oiseaux chantaient. Mop, en chemise de nuit, était assise sur le rebord de la fenêtre.

Elle avait une mine épouvantable, comme si elle avait attrapé un gros rhume.

– J'ai essayé de te réveiller cette nuit, dit-elle.

– C'est bien ce que je pensais. Pourquoi? Tu as fait un cauchemar?

Elle secoua la tête.

– Je me suis réveillée vers une heure en entendant des pas dans le sentier.

– Dans le jardin, tu veux dire? Des pas qui approchaient ou qui s'éloignaient?

– Je n'en sais rien, répondit-elle d'un ton bizarre. Je dirais plutôt qu'ils approchaient.

– C'était sûrement un cambrioleur, dis-je. Il faut descendre vérifier que rien n'a été volé.

– Ce n'était pas un cambrioleur... – Mop commençait à s'énerver : son visage était crispé, marbré. – Je suis restée un moment allongée sur mon lit, mais comme je n'arrivais pas à me rendormir, j'ai eu envie de boire un verre d'eau. Alors, je suis descendue.

– Et puis? Continue!

Mais Mop s'arrêta là. Même moi, qui ne la comprenais pas et n'avais pas une grande sympathie pour elle, je me rendis compte qu'elle avait été trés effrayée – et qu'elle l'était toujours. Je me souvins alors de ce qui m'avait réveillée pendant la nuit : les sanglots entrecoupés de quelqu'un qui criait dans son sommeil. Mop s'était réveillée en hurlant, le front en sueur, et elle s'était tournée vers moi en prononçant ces mots :

– La mère de vinaigre! La mère de vinaigre!

– Tu as fait un cauchemar, la rassurai-je.

– Oh, tais-toi, tu n'y comprends rien. Puisque c'est comme ça, je ne te parlerai plus.

En fin de journée, pourtant, elle me parla. Ses terreurs nocturnes s'étaient un peu dissipées, mais elle était encore très effrayée et s'employa désespérément à me convaincre qu'elle n'avait pas rêvé. D'après ce qu'elle me raconta, elle était descendue environ une demi-heure après avoir entendu les pas dans le jardin. Elle n'avait pas allumé l'électricité, car la lune était claire. Voyant que la porte de la salle à manger était entrouverte, elle avait passé la tête dans l'entrebâillement et avait vu une ombre encapuchonnée, entièrement vêtue de brun, blottie sur une chaise près de la fenêtre. Mop me jura avoir vu la capuche glisser en arrière, révélant le visage de l'ombre. C'était cela qui l'avait fait hurler de terreur : car à la place du visage, il n'y avait qu'une tranche de foie répugnante et informe.

– Tu as rêvé, ma pauvre Mop, c'est évident. La preuve, c'est que tu étais dans ton lit quand tu as crié.

– Non. Je suis descendue, insista-t-elle.

– Peut-être; mais le reste, tu l'as rêvé. Ta mère serait accourue si elle t'avait entendue crier en bas.

Nous ne parlâmes plus de l'incident. Le samedi suivant, Mr. Felton nous emmena à la foire de Marks Tey. Il me rapportait des nouvelles de la maison et m'apprit que mon frère aîné avait réussi ses examens, ce qui me fit plaisir. Le dimanche après-midi, il partit chasser avec Peter Elsworthy. Lorsqu'ils revinrent, Peter promit de nous conduire le mardi suivant, Mrs. Felton, Mop et moi, au bord de la mer pour la journée.

Ce fut une merveilleuse journée que ce mardi-là – peut-être la plus merveilleuse journée de toutes celles que j'ai passées à *Sanctuaire*. Moi qui avais hésité, le lendemain du cauchemar de Mop, à téléphoner à mes parents pour leur demander de me faire revenir, je m'aperçus que j'avais très envie de rester jusqu'à la rentrée des classes.

Nous pique-niquâmes sur le sable et nous nous baignâmes dans l'immensité bleue. Mrs. Felton portait une robe en coton bleue et blanche, très seyante, qui faisait ressortir sa peau brune; elle avait aussi lissé ses cheveux. Elle paraissait heureuse : elle était souriante, détendue – allant même jusqu'à appeler Mop « chérie ». Brusquement, je me mis à aimer Peter Elsworthy. Sans doute ne s'agissait-il que d'une toquade comme en ont toutes les jeunes filles, un vague sentiment amoureux provoqué par un gentil sourire, un clin d'œil complice ou une caresse sur la main... Là, sur cette plage ensoleillée, je me sentis attirée vers lui par d'inexplicables élans, par une sorte de passion qu'il ne m'avait jamais inspirée auparavant – et qui s'éteignit aussi vite qu'elle était née, dès que le soleil se fut enfoncé dans la mer et que Peter – redevenu l'ami de Mrs. Felton – nous eut ramenées à *Sanctuaire*.

Je l'avais suivi toute la journée comme un petit chien; peut-être est-ce cette dévotion que je lui avais témoignée sans aucune discrétion qui le poussa à décliner l'invitation de Mrs. Felton à entrer un moment pour constater les progrès de la mère de vinaigre. Il donna comme excuse qu'il devait accompagner sa mère à un dîner chez une tante. Après qu'il nous eut déposées à la barrière, Mrs. Felton s'enferma dans une féroce bouderie et nous servit le dîner, composé d'œufs brouillés trop liquides et de tisane d'orge.

Le lendemain soir, une bouteille de bordeaux fit son apparition sur la table. Le téléphone sonna pendant que nous dînions, et je profitai de ce que Mrs. Felton était allée répondre pour verser mon vin dans la mère de vinaigre.

– Je le dirai à maman, dit Mop.

– Ça m'est égal, rétorquai-je. Je ne veux pas boire de ce truc infect.

– Quand on est invité chez les gens, on ne dit pas que le vin est infect, décréta Mop avec humeur.

Mais elle ne me dénonça pas à Mrs. Felton. Je suis sûre qu'elle aurait volontiers vidé son verre dans le récipient, elle aussi, si elle n'avait craint de trop faire monter le niveau du vinaigre.

Je n'avais pas besoin de vin pour m'aider à dormir, mais si j'en avais pris, mon sommeil aurait sans doute été plus lourd. Lorsque je m'éveillai, la lune éclairait faiblement la chambre et le lit de Mop était vide. Debout près de la porte entrebâillée, Mop tremblait de tous ses membres. Il y avait quelque chose d'irréel à voir son ombre démesurée frissonner contre les poutres dans le silence oppressant de la nuit.

— Que se passe-t-il encore? demandai-je.

— Il y a quelqu'un en bas.

— Comment peux-tu en être sûre? Il y a de la lumière?

— J'ai entendu du verre, dit-elle.

Comment peut-on entendre du verre? N'importe, je comprenais ce qu'elle voulait dire et ça ne me plaisait pas beaucoup. Je me levai, rejoignis Mop à la porte et regardai en bas. Il y avait de la lumière sous la porte de la salle à manger — un rai de lumière blanche qui pouvait être dû au clair de lune ou à la lampe à huile dont les Felton se servaient quelquefois. Soudain, j'entendis nettement un bruit de verre — et un autre son, étouffé celui-là, comme si un liquide tombait goutte à goutte sur le plancher.

D'une voix haletante, proche de l'hystérie, Mop articula :

— Suppose qu'elle se promène la nuit pour aller voir où il y en a? Elle est là, en bas, et... Ecoute!

Un bruit de verre...

— Tu es folle, murmurai-je. Tu lis trop de livres d'horreur.

Elle ne dit rien. Nous fermâmes la porte et nous recouchâmes, en laissant la lampe de chevet allumée. Avec la lumière, ça allait mieux. L'horloge sonna douze coups.

— On va pouvoir dormir, maintenant? demandai-je.

Mop hocha la tête et j'éteignis la lampe.

La lune avait disparu, occultée peut-être par les

nuages. Dans les ténèbres silencieuses monta un curieux gémissement, prolongé et haletant. Je sais maintenant ce que c'était, mais aucun enfant de onze ans n'aurait pu le deviner. Sur le moment, il me sembla simplement qu'il ne s'agissait pas d'un cri de douleur, de terreur ni de chagrin, mais plutôt d'un cri de triomphe, émis par une personne qui venait enfin d'atteindre son but. Pourtant, c'était un cri qui n'avait rien d'humain.

Mop se mit à hurler.

Je rallumai la lampe et lui criai de se calmer, lorsque la porte s'ouvrit brusquement. Mrs. Felton entra, les cheveux en désordre, enveloppée dans un peignoir de soie rouge sang. Je m'attendais à une explosion de rage et de violence, mais Mrs. Felton ne dit rien. Elle fit une chose que je ne l'avais encore jamais vue faire, et que je n'aurais jamais cru lui voir faire un jour : elle serra Mop sur son cœur et se mit à la bercer, avec une infinie douceur. L'une étreignant l'autre, elles se balancèrent d'avant en arrière sur le lit en pleurant. Au bout d'un moment, j'entendis des pas dans le sentier du jardin, des pas furtifs qui s'éloignaient de la maison.

Le lendemain, Mop ne fit aucune allusion aux événements de la nuit. Elle s'enferma dans ses livres et ses bouderies. Je crois aujourd'hui que la démonstration de tendresse imprévue de sa mère à son égard lui avait fait espérer que d'autres suivraient. Or Mrs. Felton était soudain devenue étrangement réservée, lointaine, comme absorbée dans un rêve dont elle n'arrivait pas à sortir. En tout cas, j'étais fort embarrassée de voir qu'elle ne remarquait aucunement le manège de Mop, qui tournait sans cesse autour d'elle pour tenter d'attirer son attention. Découragée, Mop finit par renoncer et alla se réfugier dans le jardin avec le Dr James et ses démons. Mrs. Felton, de son côté, s'allongea sur le divan de la salle à manger et fuma cigarette sur cigarette, le regard fixé au plafond. Lorsque j'entrai dans la pièce, une heure plus tard, pour y prendre mon cardigan – car Mrs. Potter m'emmenait visiter la cité médiévale de Lavenham – elle était toujours dans la même position, un étrange sourire sur les lèvres, ses longues mains brunes jouant machinalement avec son collier de perles rouges.

Le vendredi après-midi, elle partit se promener et resta absente plusieurs heures. Il faisait très chaud, trop chaud pour rester dans le jardin à l'ombre d'un petit pommier; je m'installai donc à la table de la salle à manger. J'étais plongée dans l'examen des croquis que j'avais faits à Lavenham, lorsque le téléphone sonna. Mop s'arracha à sa lecture pour aller répondre.

– Alors, ma petite Mop, comment va la vie? grésilla la voix tonitruante de Mr. Felton.

Je ne perdis pas un mot de la communication, sans même avoir à tendre l'oreille. Mr. Felton annonçait qu'il arriverait plus tôt que prévu : dans la soirée, vers minuit, et non le lendemain matin. Mop serait bien gentille de transmettre le message à sa mère et de lui dire de ne pas l'attendre, parce qu'il avait sa clef. Et surtout, qu'elle n'oublie pas de faire toutes ses amitiés à cette bonne Margarine, au cas où elle n'aurait pas encore complètement fondu!

Mrs. Felton revint à cinq heures dans la voiture de Peter Elsworthy. Il y avait des feuilles dans ses cheveux et de la terre sur sa jupe. Ils jetèrent un coup d'œil sur la mère de vinaigre, la déplacèrent pour la mettre dans un coin d'ombre et de fraîcheur, admirèrent la couleur du liquide sur lequel flottait la membrane semblable à une tranche de foie.

– Une tendre plante comme celle-ci ne doit pas avoir trop chaud, dit Peter Elsworthy en retirant une feuille des cheveux de Mrs. Felton.

Et il éclata de rire. Je me demandai comment j'avais pu l'aimer et le trouver gentil.

Ce soir-là, au dîner, nous eûmes droit à du rosé servi dans une petite bouteille trapue avec l'image d'un cloître sur l'étiquette. Mrs. Felton ayant dû comprendre, depuis le temps, que je n'avais pas besoin de vin pour m'endormir, elle n'insista pas pour m'en faire boire plus d'un verre. Le récipient en verre de la mère de vinaigre était aux trois quarts plein.

J'étais couchée et Mop était presque déshabillée lorsque je me souvins du message de son père.

– J'ai oublié de le dire à maman, soupira Mop en étouffant un bâillement.

– Tu ferais mieux de descendre le lui dire.

– Sûrement pas, elle va encore me gronder. Et puis papa a sa clef.

– Dis plutôt que tu ne veux pas descendre toute seule dans le noir, répliquai-je.

Sans répondre, elle se glissa dans son lit et enfouit sa tête sous les draps.

Jamais plus nous ne nous adressâmes la parole.

Elle ne retourna pas à l'école à la rentrée. Au terme du premier trimestre, ma mère m'annonça qu'elle ne reviendrait plus. Je n'ai jamais su ce qu'elle était devenue. La dernière – presque dernière – image que je garde d'elle, c'est son mince visage au teint brouillé et les cernes sombres sous ses yeux de vieille femme. Je me souviens des livres empilés sur sa table de chevet : *Cinquante Maisons Hantées*, les *Œuvres Complètes de Sheridan Le Fanu*, les *Nouvelles Choisies de Montague Rhodes James*. Je me souviens du pâle clair de lune jouant sur les poutres de la chambre, du silence de la nuit dans cette campagne hantée par d'anciennes superstitions, du goût du vin dans ma gorge – ce vin qui faisait dormir...

Cette nuit-là, je fus arrachée à mon lourd sommeil par deux brèves détonations et un bruit de verre brisé. Mop était déjà sortie de la chambre quand je parvins enfin à me lever, le cœur battant, les jambes flageolantes. Quelque part, en bas, Mop hurlait. Je descendis l'escalier. La maison tout entière, cette maison appelée *Sanctuaire*, était illuminée. J'ouvris la porte de la salle à manger.

Mr. Felton était appuyé contre la table, son fusil de

chasse encore fumant à la main. Je crois qu'il pleurait. Il n'y avait pas beaucoup de sang. Mrs. Felton était recroquevillée sur le plancher, nue et morte. Penché sur elle, hébété, Peter Elsworthy étreignait son bras ensanglanté. Une âcre odeur de poudre flottait dans la pièce, comme si on venait d'y tirer un feu d'artifice; mais ce qui submergeait tout, c'était cette infecte odeur de vinaigre, horrible et écœurante. Accroupie sur le tapis au milieu des éclats de verre, Mop s'acharnait avec un couteau sur une espèce de tranche de foie visqueuse, en hurlant comme une possédée.

# LA BÊTE HUMAINE

Le Chef, à moitié endormi, était allongé sur le divan. En face de lui, Monty était installé dans son fauteuil, l'oreille aux aguets. Ils ne bougèrent pas lorsque Mike se leva pour se verser un gin; ils n'aimaient pas l'alcool. Le Chef n'en supportait même pas l'odeur. Monty, pour sa part, aimait bien de temps à autre boire une bière à la Taverne avec Mike. Lui, c'était la fumée de cigarette qu'il ne supportait pas. Une bouffée de celle de Mike lui chatouilla les narines, ce qui le fit éternuer.

– A tes souhaits, dit Mike.

Il décida d'aller fumer sa cigarette à la cuisine, tout en préparant le dîner des deux autres. Ce n'était pas charitable de faire tousser Monty à son âge; une bronchite est si vite attrapée... Mike aurait fait n'importe quoi pour être agréable à Monty.

Lorsqu'il revint dans le salon, après avoir sorti la viande du frigidaire, ce fut au Chef qu'il s'adressa en priorité : Monty était son ami, le meilleur compagnon du monde, mais le Chef avait une prestance, une sorte de tranquille autorité qui invitait au respect.

– Tu as faim, Chef?

Le Chef bondit du canapé et entra dans la cuisine, suivi de Mike. Il faisait presque nuit dehors, mais pas complètement; en regardant par la fenêtre, Mike s'aperçut que le manteau de Monty – celui à carreaux – était toujours suspendu à la corde à linge. Mieux valait le rentrer, pour le cas où il se mettrait à pleuvoir pendant la nuit. Mike sortit dans la cour, en espérant – contre tout espoir – que le vieux Tom, son voisin, ne serait pas attiré dehors par la lumière de la cuisine.

Las... A peine avait-il retiré la première pince à linge qu'il entendit la porte s'ouvrir.

– La nuit va être froide, fit la voix geignarde du vieux Tom.

– Humm, fit Mike.

– Ça serait pas étonnant qu'il se mette à geler.

*Et qu'est-ce que tu veux que ça me fasse?* Mike vit avec soulagement la longue silhouette anguleuse du Chef se profiler dans le rectangle lumineux de la porte. Parfait, voilà qui allait faire fuir le raseur. Dressé de toute sa hauteur contre la barrière, le Chef dépassait d'une bonne tête le vieux Tom, qui recula en riant nerveusement.

– Viens, Chef, dit Mike. C'est l'heure du dîner.

– De vrais enfants... croassa le vieux Tom. C'est vraiment étrange. Regardez-le : il comprend tout ce que vous dites, comme un être humain.

Sans répondre, Mike suivit le Chef dans la cuisine et claqua la porte. Rien ne l'horripilait davantage que ces gens qui s'imaginent être flatteurs pour les animaux en les comparant aux humains. Dans tous les domaines – intelligence, force physique, moralité – le Chef et Monty valaient mille fois mieux que n'importe quel être humain. « De vrais enfants... » – vieil imbécile, va! Les enfants hurlent pour réclamer leur dîner, se rendent insupportables jusqu'à ce qu'on leur ait donné satisfaction. Ses chiens, eux, étaient patients, stoïques, loyaux. Sagement assis dans un coin, ils le regardaient remplir de viande et de biscuits vitaminés les écuelles en terre cuite, et ce fut seulement lorsque Mike eut posé côte à côte les deux assiettes sur le plancher qu'ils s'en approchèrent, avec une tranquille dignité.

Mike les regarda manger. L'appétit de Monty, à quatorze ans, était toujours aussi bon. Mais il lui fallait plus de temps qu'au Chef; ses crocs n'étaient plus ce qu'ils avaient été. Lorsque le vieux chien eut vidé son écuelle, il fit ce qu'il faisait toujours depuis qu'il était chiot : il s'approcha de Mike et posa son museau gris dans la paume de la main tendue.

– Brave chien, dit Mike en lui caressant les oreilles.

Le Chef, lui, était beaucoup plus distant. De telles marques d'affection et de reconnaissance auraient été incompatibles avec son pedigree. Mike et Monty savaient rester à leur place; ils s'effacèrent pour permettre au Chef de franchir la porte d'un pas majestueux et de reprendre sa place sur le divan. Mike rapprocha le fauteuil de Monty du radiateur.

Six heures et demie. Il termina son gin.

– Il faut que je sorte; je serai de retour à dix heures au plus tard. En attendant, vous faites un bon petit somme et à mon retour on ira faire une grande balade. OK?

Monty l'accompagna jusqu'à la porte. C'était chez lui un rite, qu'il continuerait d'observer jusqu'à ce que ses pattes percluses de rhumatismes ne puissent plus le porter. Il vieillit, comme nous tous, se dit Mike; il faut que je me fasse à l'idée de le perdre cette année ou l'an prochain... A la porte, il s'agenouilla et fit une chose qu'il n'avait jamais faite à personne – homme, femme ou enfant; une chose qui l'écœurait quand il la voyait faire par des humains à d'autres humains : prenant dans ses mains la tête de Monty, il pressa ses lèvres sur le front ridé. Monty remua la queue en poussant de petits grognements de bonheur. Après un dernier geste d'adieu, Mike ferma la porte et alla sortir sa voiture du garage.

Il descendit la rue et s'arrêta deux ou trois cents mètres plus loin, devant la cabine téléphonique. Quand il s'agissait d'affaires, il ne se servait jamais de son téléphone, mais de l'une ou l'autre des cabines situées entre sa maison et la Taverne. Cinq minutes à attendre, et la sonnerie retentirait à l'intérieur. A moins, évidemment, qu'il n'y ait encore un contre-temps et que les choses ne se passent pas comme elle les avait prévues.

Cette espèce de... quoi? Mike détestait cette habitude d'utiliser des noms d'animaux comme épithètes insultantes. Lorsqu'il voulait exprimer le dégoût que lui inspirait le sexe opposé, il choisissait le mot de six lettres – le plus courant – ou ce mot de cinq lettres, le pire à ses yeux : *femme*. C'est de celui-là qu'il se servit finalement, en le retournant sur sa langue avec une délectation écœurée. Stupide, satanée bonne *femme*!

Lorsque sa montre indiqua sept heures quatorze, il entra dans la cabine. Comme prévu, il n'eut que soixante secondes à attendre : la sonnerie résonna au quart pile. Mike décrocha le combiné et prononça le mot de passe, de façon à prouver à sa correspondante que c'était bien lui qui répondait et non un quelconque promeneur de passage.

Il n'avait encore jamais entendu sa voix. C'était une voix nerveuse, dont l'accent distingué appartenait à un monde qui lui était totalement étranger.

– Cette fois-ci sera la bonne, dit-elle.

– Il serait temps. – Tous les plans qu'ils avaient précédemment mis au point ensemble avaient lamentablement échoué, à chaque fois par sa faute à elle. Cela faisait déjà six semaines qu'il avait reçu les renseignements nécessaires et le premier versement. – Bon, allons-y.

Elle s'éclaircit la gorge.

– Précisons d'abord un point : je ne veux pas que vous sachiez qui nous sommes. C'est d'accord?

Il se moquait pas mal de savoir quel était leur nom et quels intérêts sordides l'avaient poussée à décrocher son téléphone pour régler les détails d'un meurtre.

– De toute façon, ce sera dans les journaux, non? dit-il avec mépris.

A l'autre bout du fil, la voix s'étrangla.

– Vous pourriez me faire chanter!

– Et réciproquement. C'est un risque que nous sommes bien obligés d'accepter. Maintenant, allons-y, voulez-vous?

– Bien. Il n'est pas encore complètement guéri, mais il va mieux et il a repris sa petite promenade quotidienne. Il quittera la maison à huit heures et demie et prendra le chemin de West Heath, en direction de Finchley Road. Vous n'avez pas besoin de savoir où il va et pourquoi; cela ne vous regarde pas.

– Et ça m'est parfaitement égal, dit Mike.

– Le mieux serait que vous le guettiez à un endroit isolé, aussi loin que possible de toute habitation.

– Laissez-moi m'organiser comme je l'entends. Je connais le coin. Mais lui, comment le reconnaîtrai-je?

– C'est un homme d'une cinquantaine d'années, bien bâti, de taille moyenne, avec des cheveux argentés et une petite moustache. Il sera en pardessus noir avec un col de fourrure noir; il n'aura pas de chapeau. Il devrait arriver à mi-chemin de West Heath vers neuf heures dix. – La voix s'altéra légèrement. – Vous ferez cela proprement, n'est-ce pas? Comment comptez-vous vous y prendre?

– Vous croyez peut-être que je vais vous le dire au téléphone?

– Euh... non, bien sûr. Vous avez reçu le premier versement de mille livres?

– Depuis six semaines, dit Mike.

– Désolée, mais je n'ai pas pu éviter le contretemps. Vous recevrez le reste d'ici une semaine, de la même façon que...

– Par le canal habituel. C'est tout ce que j'ai besoin de savoir? C'est bien tout?

– Il me semble, oui, dit-elle. Il y a bien une petite chose, mais... non, c'est un détail sans importance. – Elle hésita – Vous ne me ferez pas faux bond, n'est-ce pas? C'est notre dernière chance. Si tout n'est pas réglé ce soir, ça ne le sera jamais. Demain, la situation aura complètement changé et...

– Bonsoir, dit Mike.

Il raccrocha brutalement pour faire taire la voix hystérique.

Il ne voulait rien savoir des sentiments que pouvait

éprouver cette stupide *femme*. Non pas qu'il eût le moindre scrupule : il aurait tué une centaine d'hommes pour la somme qu'elle lui donnait pour n'en tuer qu'un. Seul l'argent l'intéressait. Qu'est-ce que ça pouvait lui faire de savoir qui était la victime et pourquoi sa cliente voulait s'en débarrasser? Sans doute était-elle sa femme ou sa maîtresse... Et puis après? De telles relations étaient étrangères à Mike. Rien que de penser à ce que sous-entendait le mot « relations », il était pris de nausées : les baisers, les étreintes, cet acte répugnant qu'ils faisaient comme – non, pas comme des animaux; les animaux sont dignes, convenables... – comme des humains. Il ouvrit la porte de la cabine et sortit dans la fraîcheur du soir.

Tout en roulant vers Hampstead, il faisait ses comptes. Avec l'argent qu'il allait gagner, il aurait juste de quoi réaliser son rêve. Depuis des années, il travaillait dans ce but. Escroqueries en tous genres, meurtres, cambriolages... toutes ces activités s'étaient avérées extrêmement lucratives. Comme il vivait modestement – sa plus grosse dépense était la nourriture pour les chiens – il avait maintenant presque de quoi acheter la maison qu'il convoitait : une fermette située sur la côte nord-ouest de l'Ecosse, à des kilomètres de tout village; une fermette en granit, entourée de dunes où Monty et le Chef pourraient s'ébattre à longueur de journée. Et il lui resterait suffisamment d'argent pour passer le restant de ses jours sans travailler. Peut-être même pourrait-il s'offrir d'autres animaux : un cheval, par exemple, ou un couple de chèvres. Il n'achèterait pas d'autre chien tant que Monty serait en vie; ce ne serait pas bien de le remplacer avant même qu'il soit mort...

Chose certaine : il n'y aurait pas un seul être humain à des kilomètres à la ronde de sa maison. Le hideux visage de la race humaine serait à jamais exclu de son existence. Dans les collines, avec Monty et le Chef, il oublierait la cruauté des humains – son père, ivrogne sadique, et sa mère qui ne pensait qu'à s'amuser avec des hommes. Il oublierait le foyer des orphelins, la maison de correction, les filles de l'usine qui se moquaient de sa timidité et de son visage boutonneux, les employeurs qui refusaient de l'embaucher parce qu'il n'avait d'autre qualification que son casier judiciaire... Là, enfin, il connaîtrait la paix.

D'accord, il lui fallait tuer un homme pour y arriver. Et puis après? Ce ne serait pas la première fois. Il le tuerait sans passion ni pitié, comme le boucher tue l'agneau. Un petit coup sur la tête pour commencer, juste de quoi l'étourdir – Mike ne redoutait aucunement de le faire souffrir, mais il ne voulait pas tacher ses vêtements – et puis la pression décisive, là, juste au-dessus du larynx... Mike tâta son cou pour situer l'endroit exact.

Il gara sa voiture et entra dans un pub, où il commanda un gin et un sandwich. Le chat du patron vint s'asseoir sur ses genoux. Les animaux étaient attirés par lui comme par un aimant; ils savaient reconnaître leurs amis. C'était vraiment dommage que le Chef eût une telle haine pour les chats; autrement, Mike aurait pu envisager de s'en procurer un couple pour compléter sa ménagerie écossaise.

Sept heures et demie. Mike s'accordait toujours beaucoup de temps pour exécuter un contrat; c'était un lent, un méticuleux. Délicatement, il posa le chat par terre.

A huit heures, il avait traversé le village de Hampstead et garé sa voiture à West Heath Road. C'était une belle nuit, étoilée mais froide, comme l'avait prédit le vieil imbécile. Mike resta quelques minutes assis dans sa voiture, à se demander s'il n'avait pas oublié un détail susceptible de le rattacher à cette femme qu'il avait eue au téléphone. Non, il ne voyait vraiment rien. Son « contact » était aussi sûr que pouvait l'être un être humain, et la méthode utilisée pour faire parvenir l'argent était à toute épreuve. Quant à établir une relation avec l'homme qu'il allait tuer... Mike savait que le seul meurtre ne comportant aucun risque pour l'assassin est celui d'une personne qui lui est totalement étrangère. Or – heureusement pour Mike et pour ses clients – le monde des humains lui était totalement étranger.

A présent, il était temps d'aller jeter un coup d'œil sur les lieux. Il gara la voiture dans Templewood Avenue, le plus près possible de l'endroit où le sentier bifurquait vers West Heath. C'était plus sûr; il n'y avait pas de véritable risque, mais il valait toujours mieux prévoir une retraite rapide. D'un pas décidé, il s'engagea dans le sentier escarpé, large d'environ un mètre cinquante et délimité par des barrières de jardin, avec des marches çà et là, quand la pente se faisait trop raide. Il y avait un réverbère au sommet, et un autre cinq cents mètres plus loin, là où des murs bordaient le sentier. Entre les deux réverbères, il y avait un large espace sablonneux, planté d'arbres et de buissons; Mike décida de se poster là. Il se cacherait derrière les arbres en attendant que l'homme apparaisse à la sortie du tunnel; il le laisserait dépasser le premier réverbère, et avant qu'il ait atteint le second, il lui sauterait dessus, au cœur de la zone d'ombre. Aucun toit n'était visible; seulement de vastes jardins, noirs et broussailleux. Des étoiles brillaient dans le ciel, mais le pâle croissant de lune ne dispensait qu'une faible clarté.

Par chance, le froid mordant gardait la plupart des gens enfermés chez eux.

Des pas résonnèrent dans le lointain. La main de Mike étreignit la matraque de métal enfoncée dans sa poche. Ce ne pouvait quand même pas être déjà lui? Pas à huit heures vingt-cinq! A moins que cette femme stupide n'ait encore fait une bourde... Non, fausse alerte : c'était une fille; le martèlement des talons le prouvait. Elle apparut d'ailleurs aussitôt dans le cercle de lumière du réverbère. C'était une fille grande et plutôt mince, malgré les écœurantes rondeurs visibles sous son manteau. Il la regarda approcher avec une sorte de curiosité morbide : elle marchait d'un pas vif, en jetant des coups d'œil inquiets à droite et à gauche, comme un oiseau. Son corps était déformé par les horribles vêtements ajustés qu'elle portait et la démarche empruntée que lui imposaient ses talons hauts. Aucune grâce animale, aucune majesté, aucune aisance... Mike se serait volontiers amusé à faire peur à la fille, en lui sautant dessus ou en la poursuivant dans l'escalier; mais rien que l'idée d'un contact avec de la chair humaine le révulsait. En outre, elle risquerait par la suite de se souvenir de son visage, quand on découvrirait le corps. Que deviendraient Monty et le Chef si leur ami était arrêté et jeté en prison? Cette pensée le fit frissonner.

Il laissa la fille s'éloigner et reprit son attente. Un fin lambeau de nuage traversa les étoiles... Tant mieux : plus il ferait sombre, mieux ce serait... Neuf heures cinq. Sa victime devait maintenant se trouver à peu près à la hauteur de l'étang de Whitestone.

Mike aurait volontiers grillé une cigarette, mais il y renonça : l'odeur de la fumée pourrait alerter l'homme. De nouveau, il caressa la matraque en acier et le fin cordon de ficelle. Dans un quart d'heure, avec un peu de chance, tout serait terminé. Il irait retrouver le Chef et Monty pour la balade du soir, et dès demain il se rendrait chez cet agent immobilier dont il avait vu l'annonce dans le journal. Ce qui serait bien, c'est qu'elle donne sur la mer. Le Chef serait heureux de nager un peu; il n'avait jamais dû en avoir l'occasion, ayant passé toute sa vie dans la ruelle sordide d'une grande ville...

Des pas. Oui, c'était bien l'heure prévue : neuf heures dix. L'homme était ponctuel– pour son malheur. Impassible, Mike garda le regard fixé sur le trou noir jusqu'à ce que l'ombre indistincte de sa proie apparaisse à la sortie du tunnel. Alors, tout en observant l'homme qui approchait de la zone éclairée, il banda ses muscles, referma sa main sur la matraque. La femme avait fait une description précise : à la lueur du réverbère, il vit briller les épais cheveux argentés et le col de fourrure noire du pardessus. Si Mike avait encore éprouvé le moindre scrupule quant à la moralité de l'acte qu'il s'apprêtait à commettre, cette vision l'aurait dissipé. La rage au cœur, il pensa aux malheureux animaux qu'on laissait mourir dans d'atroces souffrances pour que leur fourrure puisse orner le pardessus d'un salaud de richard. Il saliva avec application et cracha dans les broussailles – en silence mais haineusement.

L'homme avançait, confiant et naturel. Sitôt que la zone d'ombre l'eut englouti, Mike jaillit des arbres, leva le bras et frappa. L'homme émit un grognement – à peine un soupir – et s'affala lourdement sur le sol. C'était du beau travail : pas une goutte de sang. Se forçant à surmonter le dégoût que lui inspirait le contact du corps chaud et flasque, Mike prit l'homme par les épaules et le traîna jusqu'au réverbère. Il ne perdit pas de temps à examiner son visage; ça ne l'intéressait pas. Il remit la matraque dans sa poche et sortit son cordon de ficelle. Il ne lui restait plus qu'à faire un petit nœud rapide, le glisser autour du cou de l'homme assommé et serrer...

Un son étouffé l'interrompit dans ses préparatifs. Un frôlement léger, comme... Vivement, il se retourna. Un chien émergeait du tunnel en trottinant, la queue en l'air, le nez au sol. C'était un basset noir, blanc et feu – l'un des plus beaux chiens que Mike eût jamais vus. Mais le moment était mal choisi pour s'extasier... Bon sang, pourquoi fallait-il que ça lui arrive toujours à lui?

Le chien hésitait à franchir la limite entre la zone d'ombre et la zone éclairée où se trouvait Mike. Finalement, il leva la tête et s'avança en agitant la queue. Mike étouffa un juron.

– Brave chien, murmura-t-il en lui tendant la main. Oui, tu es un bon chien. Mais il faut que tu t'en ailles. Va-t'en, rentre chez toi...

Hautain, le chien passa devant lui et alla flairer le visage de l'homme inconscient. Mike n'aimait pas beaucoup ça : le type allait finir par se réveiller.

– Allez, va-t'en, dit-il en posant fermement ses

mains sur la belle toison de l'animal. Ce n'est pas un endroit pour toi. Va reprendre ta chasse.

Mais le basset ne voulait pas partir. Regardant tour à tour Mike et l'homme, il se mit à pousser des petits cris plaintifs, mi-gémissements mi-sifflements. Un terrible pressentiment envahit Mike. Il fouilla dans la poche du pardessus au col de fourrure et en sortit ce qu'il avait craint d'y trouver : une laisse en cuir tressé.

Stupide bonne femme! C'était donc cela qu'elle avait voulu dire par « un détail sans importance »? Le fait que ce type venait ici pour promener son chien? Un détail sans importance... Tu parles! C'était sans importance que ce pauvre animal inoffensif voie son maître assassiné et soit obligé de retrouver tout seul son chemin sur les routes? Elle avait peut-être cru qu'il tuerait aussi le chien? Cette femme était vraiment d'une cruauté... Mike aurait volontiers frappé l'homme étendu à terre, mais ça le dégoûtait – et puis il ne voulait pas effrayer le chien.

De toute façon, il fallait aller jusqu'au bout : sa maison en Ecosse l'attendait. Il fallait qu'il aille jusqu'au bout, ne fût-ce que pour Monty et le Chef. Il n'allait pas renoncer à tout cet argent simplement parce que cette femme stupide avait encore fait des siennes. Il devait bien exister un moyen de tourner la difficulté. Il pourrait, par exemple, mettre le chien en laisse et le ramener dans le centre, en passant par l'étang de Whitestone. Il serait alors en sécurité – mais son maître aussi, qui commençait déjà à remuer et à gémir... Autre solution : il pourrait prendre le chien dans sa voiture et le ramener chez lui, après avoir tué l'homme. Non, c'était absurde; on risquait de voir l'animal dans sa voiture. Que faire, alors? L'attacher à un réverbère? De sa vie, Mike n'avait jamais attaché un chien; ce n'était pas maintenant qu'il allait commencer.

Il se sentit gagner par le découragement. Il n'éprouvait contre le chien aucune colère; seulement la résignation un peu lasse d'un père que son enfant, en entrant dans la pièce, a interrompu alors qu'il faisait l'amour. En de telles circonstances, l'enfant passe en premier – c'est inévitable.

Lentement, il remit la corde dans sa poche et sortit le flacon de cognac qu'il portait toujours sur lui. Soulevant brutalement la tête argentée, il déboucha le flacon et versa un peu d'alcool dans la gorge de l'homme. Attentif, le chien observait le spectacle en remuant la queue.

– Où... où suis-je? Que... que m'est-il arrivé?

Mike ne prit pas la peine de lui répondre.

– Je... j'ai reçu un coup sur la tête. Bon sang, je vais avoir une de ces bosses! J'ai été attaqué, n'est-ce pas? – Il porta la main à la poche de son veston et en sortit un portefeuille – Dieu merci, on n'y a pas touché! Je... je vais essayer de m'asseoir. Là, ça va mieux... Où est Bruce? Ah, le voilà! Brave bête, Bruce. Je suis content qu'on ne t'ait pas fait de mal.

– C'est un bon chien, dit Mike d'une voix lointaine. Tenez, prenez appui sur moi. J'ai ma voiture pas loin.

– Vous êtes bien aimable, vraiment bien aimable. Quelle chance que vous soyez passé par là!

Mike ne dit rien mais faillit vomir quand l'homme saisit son bras et s'appuya sur lui. Le trajet jusqu'à la voiture fut pour lui un véritable supplice, qu'il supporta sans broncher. Soulagé d'être libéré de son écœurant fardeau, il installa Bruce sur la banquette arrière, en le caressant et en lui murmurant des mots rassurants.

L'homme habitait une grande maison à East Heath, presque un petit château. Toutes les fenêtres étaient éclairées. Mike aida l'homme à sortir de la voiture et le remorqua jusqu'au porche, suivi de Bruce. Une petite bonne en uniforme amidonné répondit à son coup de sonnette. Derrière elle, dans le hall, se tenait une grande jeune femme, très élégante dans une robe du soir en satin.

– *Père!* s'écria-t-elle d'une voix inquiète.

C'était bien la même voix. Il la reconnut immédiatement, de même qu'elle reconnut la sienne lorsque, se détournant du hall richement meublé, il dit :

– Maintenant, je m'en vais.

Leurs regards se croisèrent. Le visage de la femme était blanc comme la craie, altéré et enlaidi par l'anéantissement de ses espoirs. Elle passa son bras sous celui de son père et glapit :

– Que s'est-il passé?

– J'ai été agressé, ma chérie. Mais je vais tout à fait bien à présent. Ce monsieur est arrivé à point. Je ne l'ai d'ailleurs pas encore remercié comme il convient. – Il tendit la main à Mike. – Entrez, entrez donc... Il faudra nous laisser votre nom. Si, si, j'insiste. Vous m'avez probablement sauvé la vie; sans vous, j'aurais pu mourir de froid.

– Non, dit Mike. Pas avec ce chien que vous avez.

– Ah ça, il a été d'une grande utilité! Tu es un sacré garde du corps, pas vrai, Bruce?

Mike se baissa pour caresser le chien.

– Vous ne saurez jamais à quel point il vous a été utile.

Sans se retourner, il sortit et remonta en voiture. Dans son rétroviseur, il vit la femme qui rentrait dans la maison tandis que son père, debout dans l'allée, agitait grotesquement les bras pour exprimer sa reconnaissance à son sauveteur.

Lorsqu'il arriva chez lui, à dix heures et quart, Monty l'attendait dans le hall, fidèle au poste. Le Chef, lui, était toujours installé sur le divan du salon. Mike leur mit leurs laisses et ouvrit la porte.

– Il est l'heure d'aller prendre une bière avant la fermeture du bar, Monty. Après, on ira faire une grande balade. – Ils sortirent dans l'air saturé de vapeurs d'essence, et Monty éternua. – A tes souhaits, dit Mike. Sale patelin, hein? C'est vraiment malheureux qu'on soit encore obligé d'attendre pour notre maison en Ecosse.

Lentement – car Monty ne trottait plus comme autrefois – l'homme et les deux chiens remontèrent la rue en direction de la Taverne.

# JUSQU'A CE QUE LA MORT NOUS SÉPARE

La directrice de l'hôtel les précéda dans l'escalier conduisant à leur chambre. Il n'y avait pas d'ascenseur. Il n'y avait pas non plus de chauffage central, et il faisait très froid pour un mois d'avril.

– Plutôt petit, non? dit Nina Armadale.

– C'est une chambre à deux lits. De toute façon, je crains que ce soit tout ce qu'il nous reste.

– Je vais sans doute devoir m'estimer heureuse qu'il n'y ait pas un lit à deux places, dit Nina.

Elle eut la satisfaction de voir tiquer son mari. Elle s'approcha de la fenêtre et regarda l'étroite allée limitée par des murs de brique. L'horloge de la cathédrale égrena cinq coups. Si ce carillon sonne ainsi à toutes les heures de la nuit, peut-être même tous les quarts d'heures, songea Nina, ça va être gai! In petto, elle se félicita d'avoir pensé à apporter ses somnifères.

La directrice se confondait en excuses pour le manque de confort.

– C'est à cause de ce grand mariage qui doit être célébré demain à la cathédrale. La fille de Sir William Tarrant. Il y aura cinq cents invités, dont la plupart sont descendus à l'hôtel.

– Nous y allons aussi, dit James Armadale. C'est pourquoi nous sommes ici.

– Dans ce cas, vous comprenez la situation. La salle de bain est juste au bout du couloir – vous tournez à droite et c'est la troisième porte sur la gauche. Le dîner est à sept heures et demie, et le petit déjeuner est servi entre huit et neuf heures. Ah, tant que j'y pense, je ferais mieux de montrer à Mrs. Armadale comment fonctionne le radiateur à gaz.

– Ne prenez pas cette peine, glapit Nina, furieuse. Je sais encore faire marcher un radiateur à gaz!

Elle se débattait avec la porte de la penderie qui ne voulait pas s'ouvrir et qui, une fois ouverte, refusa de se refermer.

La directrice l'observa un moment, apparemment décidée à intervenir si cela s'avérait nécessaire. Puis elle s'adressa à James :

– En fait, je voulais parler du *compteur* à gaz. C'est un compteur à paiement préalable; je trouve que c'est le système le plus commode pour les clients.

James s'accroupit près d'elle et examina la boîte de métal grise. C'était un antique compteur avec garnitures de cuivre, un engin comme il n'en avait plus vu depuis l'époque où, étudiant, il logeait dans une chambre meublée. Une flèche rouge indiquait le montant de gaz à régler; pour le moment, elle était à zéro. Donc, si l'on s'avisait de tourner le cadran du radiateur à gaz sur la position MARCHE, le gaz n'arriverait pas, à moins que l'on ait préalablement introduit dans la fente du compteur une ou plusieurs pièces de cinq pence.

Mais à quoi pouvait servir cette manette de cuivre? Non, décidément, cet engin ne correspondait pas à celui qu'il avait eu autrefois. Le sien avait été conçu pour le vieux gaz de houille, toxique, alors que celui-ci avait dû être aménagé pour fournir du gaz naturel. Il se tourna vers la directrice et lui posa la question.

– Non, nous attendons toujours le gaz naturel dans cette région. Quand il arrivera, ces vieux compteurs devront être remplacés.

– Alors, à quoi sert cette manette?

– Vous la tournez à gauche, comme ceci, vous introduisez votre pièce dans la fente, puis vous la tournez à droite. Avez-vous une pièce de cinq pence sur vous?

James n'en avait pas. Il fut heureux de constater que Nina avait cessé d'écouter. Quand l'inévitable querelle éclaterait, aussitôt après le départ de la directrice, on reparlerait de l'absurde idée de venir à ce mariage – qui ne lui était pas imputable – et non de la sordide installation de l'hôtel – dont il se sentait déjà davantage responsable.

– Aucune importance, reprit la directrice. Vous ne pouvez pas vous tromper, c'est extrêmement simple. Quand vous avez mis votre pièce de cinq pence, vous tournez à fond la manette vers la droite et vous entendez tomber la pièce. Vous pouvez alors ouvrir le radiateur et allumer le gaz. Vous avez compris?

James l'assura que c'était parfaitement clair et la remercia avec effusion. Dès que la porte se fut refermée sur la directrice, Nina, sans perdre une seconde, attaqua :

– Pourquoi n'avons-nous pas attendu demain pour venir? Peux-tu seulement me donner *une* raison valable?

James se remit debout et tourna le dos au gadget antédiluvien et au radiateur à gaz – lequel semblait n'avoir pas servi depuis au moins trente ans.

– Je pourrais t'en donner plusieurs, répondit-il. La principale est que je n'avais aucune envie de faire deux cent cinquante kilomètres en jaquette et haut-de-forme.

– Dis plutôt que tu n'avais aucune envie de conduire avec ton habituelle gueule de bois du samedi matin!

– Je t'en prie, Nina, pas de scène. Faisons la paix pour une soirée. Mr. William est le président de ma compagnie. Il nous a fait un grand honneur en nous invitant au mariage de sa fille, et si cela présente l'inconvénient de nous obliger à passer la nuit dans ce taudis, je n'y peux rien. Ça fait partie du boulot.

– Comme te voilà pompeux! ricana-t-elle. Je me demande ce que dirait ton Mr. William Tarrant s'il pouvait voir son directeur des ventes après absorption d'une bouteille de whisky.

– Il n'en a pas encore eu l'occasion, rétorqua James en allumant une cigarette.

Et il ajouta, car Nina n'avait pas encore eu raison de son humour :

– C'est là ton privilège...

– Mon *privilège!*

Nina, qui avait rageusement défait sa valise et jeté ses affaires en vrac sur l'un des lits, s'arrêta net car elle ne voulait pas gaspiller l'énergie dont elle avait besoin pour relancer la dispute. Elle s'assit sur le lit et glapit :

– Donne-moi une cigarette. Tu n'as vraiment aucune éducation! Te rends-tu compte à quel point tu es grossier? Ici, tu te trouves dans ton élément; c'est même trop bien pour toi. Les compteurs à gaz et les cabinets à cinq cents mètres, ça ne te dérange pas, pourvu qu'il y ait un bar. Je vais avoir le *privilège* de partager ma chambre avec un ignoble soûlard!

Telle une nageuse, elle reprit sa respiration et plongea.

– Réalises-tu que nous n'avons pas dormi dans la même chambre depuis deux ans? Tu n'as pas pensé à ça, hein, quand tu as attendu la dernière minute pour réserver une chambre? A moins que... Seigneur, mais oui, c'est ça! *Tu y as pensé,* au contraire! Oh, je te connais trop bien, James. Tu as pensé que le fait d'être dans la même chambre que moi, de te déshabiller devant moi, opérerait un miracle. Tu as espéré que je succomberais, que je reprendrais – quelle est l'expression consacrée? les *rapports sexuels.* C'est *toi* qui as demandé qu'on nous installe dans cette... cette cellule. Tu avais tout manigancé!

– Non, dit James.

Il prononça ce simple mot d'une voix calme, presque inaudible. Il était tellement écœuré par les soupçons de sa femme qu'il avait du mal à parler.

– Menteur! Crois-tu que j'aie oublié le ramdam que tu as fait quand je t'ai envoyé coucher dans la chambre d'amis? Crois-tu que j'aie oublié cette femme, cette Francęs? Jamais je n'oublierai, et je ne te pardonnerai jamais. Aussi, n'espère pas que je me laisserai faire si tu essaies de me peloter après la fermeture du bar.

– Tu n'auras pas besoin de te défendre, dit James, tout en calculant que le bar ouvrirait dans un quart d'heure. Je n'essaierai plus jamais de te peloter – pour reprendre ta charmante expression.

– Non, car tu sais que ça ne te mènerait à rien. Tu n'y gagnerais qu'une gifle en pleine figure, et tu ne l'oublierais pas de sitôt, crois-moi!

– Nina, soupira-t-il, cessons de nous quereller. Ce ne sont que des hypothèses gratuites. Si nous devons continuer à vivre ensemble – et je suppose que tel est le cas, Dieu seul sait pourquoi – ne pouvons-nous du moins essayer que ce soit en paix?

Elle rougit et dit d'un ton maussade :

– Tu aurais dû y penser avant de me tromper avec cette femme.

– Il y a trois ans de cela, Nina! *Trois ans!* Je ne veux pas te provoquer, et d'ailleurs nous avons suffisamment débattu cette question. Tu sais parfaitement pourquoi je t'ai trompée. Je suis encore jeune, je n'ai que trente-cinq ans. Il m'était impossible de tenir le coup en n'ayant des *rapports sexuels* – ou en te pelotant, si tu préfères – qu'une fois tous les deux mois. Dois-je revenir là-dessus?

– Inutile en ce qui me concerne. Tes excuses ne changent rien à l'affaire.

La chambre minuscule était complètement enfumée. Nina ouvrit la fenêtre, aspira goulûment l'air humide et froid.

– Tu m'as demandé, dit-elle en se retournant, pourquoi nous devons continuer à vivre ensemble. Eh bien! parce que tu m'as épousée, tout simplement. J'ai des droits sur toi et je ne divorcerai jamais. Tu devras me supporter jusqu'à ce que la mort nous sépare. Jusqu'à la mort, James, tu entends?

Il ne répondit pas. Un vent glacial avait pénétré dans

la chambre quand elle avait ouvert la fenêtre. Il fouilla dans sa poche.

– Si tu as l'intention de rester ici en attendant le dîner, dit-il, je suppose que tu voudras allumer le radiateur. As-tu des pièces de cinq pence? Je n'en ai pas, à moins de faire de la monnaie.

– Oh, tu vas sûrement en faire! Au bar... Car tu as de la chance : je n'ai aucune monnaie sur moi. C'est *ton* privilège.

Une fois seule, elle resta assise dans la chambre glacée, absorbée dans la contemplation du mur en brique. « Jusqu'à ce que la mort nous sépare », avait-elle dit à James. C'était exactement cela. Elle ne le quitterait jamais, pas plus qu'elle ne lui permettrait de la quitter. En revanche, elle souhaitait qu'il meure.

Elle n'y pouvait rien, après tout, si elle était frigide. Elle avait pensé qu'il comprendrait. Elle avait pensé que sa beauté et ses qualités de maîtresse de maison compenseraient cette infirmité. D'ailleurs, elle était ainsi avec tous les hommes, pas uniquement avec son mari. Au début, il avait paru accepter la situation.

A sa manière platonique, elle avait aimé James. Et puis, quand elle l'avait senti plus heureux, plus épanoui qu'à aucun autre moment de leur mariage, lorsqu'il avait cessé de formuler ces demandes qui la dégoûtaient et était devenu plus gentil avec elle, il lui avait brusquement tout avoué, sans la moindre honte.

Il lui avait dit sa certitude qu'elle n'y verrait aucun inconvénient, qu'elle ne lui en voudrait pas d'aller chercher ailleurs ce qu'elle répugnait visiblement à lui donner. Compte tenu du fait qu'il subvenait à ses besoins et passait la quasi-totalité de ses loisirs avec elle, elle serait certainement soulagée, allergique au sexe comme elle l'était, de voir qu'il avait trouvé quelqu'un d'autre.

Il lui avait expliqué que c'était cette énergie refoulée qui l'avait poussée à le fuir, à le frapper de ses poings, à le traiter de tous les noms possibles et imaginables. Nina, jusqu'à son dernier jour, se souviendrait de l'étonnement de James. En toute bonne foi, il avait été persuadé qu'elle comprendrait. Et il avait fallu à Nina des semaines de querelles et de menaces pour le convaincre d'abandonner Frances.

Elle l'avait chassé de leur chambre commune, résolue à lui rendre la vie impossible jusqu'à ce que la mort les sépare. Encore maintenant, il ne se doutait pas à quel point il l'avait blessée. Mais il ne voyait plus de femmes, et il s'était mis à boire.

Il buvait en ce moment même, songea-t-elle, et à neuf heures il serait affalé, ivre mort, sur ce lit séparé du sien par quelques centimètres seulement.

Il faisait trop froid pour rester assise plus longtemps dans cette chambre. Elle gratta une allumette, mit le cadran du radiateur sur MARCHE mais ne parvint pas à allumer les brûleurs. Alors elle descendit l'escalier et se rendit dans le petit salon où plusieurs personnes, assises près du poêle, regardaient la télévision.

Ils se retrouvèrent au dîner.

James Armadale avait bu une demi-pinte de whisky au bar. A table, pour accompagner le potage Windsor et le rôti d'agneau réchauffé, il commanda une bouteille de bourgogne.

– A titre de curiosité, dit Nina, pourquoi bois-tu autant?

– Pour noyer mes soucis, rétorqua James. C'est la réponse classique, mais il se trouve qu'elle s'applique à mon cas. Veux-tu un peu de vin?

– Volontiers, avant que tu aies bu toute la bouteille.

La salle à manger était pleine. La majorité des autres dîneurs avaient atteint ou dépassé la quarantaine. James supposa que la plupart devaient être des invités au mariage, comme eux-mêmes. D'ailleurs, leur arrivée avait été remarquée : aux tables voisines, leur apparence suscitait des commentaires favorables. Il se permit une grimace d'amusement en pensant qu'on les considérait probablement comme un beau couple, heureux et bien assorti.

– Nina, dit-il, nous ne pouvons continuer ainsi. Personne n'y gagne. Nous nous détruisons mutuellement. Il nous faut décider de ce que nous allons faire.

– Félicitations, tu choisis bien ton moment. Je refuse de discuter de cela en public.

Elle parlait d'une voix douce et basse, très différente du ton impérieux dont elle avait usé dans leur chambre. Nerveusement, elle lança de brefs coups d'œil en direction des autres tables.

– Justement, reprit-il, le fait que nous soyons en public nous donne une chance de dépassionner le débat. Lorsque nous sommes seuls, tu deviens hystérique et il nous est impossible d'envisager les choses d'une façon saine. Si nous en parlons maintenant, je pense te connaître suffisamment pour savoir que tu ne feras pas de scène.

– Je peux toujours sortir, non? D'ailleurs, tu es ivre.

– Non, je ne suis pas ivre. A te dire vrai, je le serai sans doute dans une heure; raison de plus pour que nous parlions ici – tout de suite. Ecoute, Nina, tu ne m'aimes pas – tu le dis toi-même – et malgré tout ce que tu peux croire, je ne t'aime pas non plus. Nous avons assez souvent débattu des raisons de cette situation pour que je n'éprouve pas le besoin d'y revenir. Ne pourrions-nous pas nous séparer à l'amiable?

– Pour que tu puisses avoir toutes les femmes que tu désires? Pour que tu puisses amener chez moi cette putain de Frances?

– Non, dit-il, tu pourras garder la maison. Le tribunal t'adjugera probablement le tiers de mes revenus, mais je te donnerai davantage si tu veux. Je pourrais aller jusqu'à la moitié...

Il avait été sur le point d'ajouter : « ... pour être débarrassé de toi », mais ces paroles eussent été trop provocantes. Inutile d'envenimer les choses.

James était déconcerté de voir Nina se maîtriser pour parler d'une voix douce et faire bonne contenance. Les mots qu'elle utilisait étaient pourtant les mêmes; il les avait déjà entendus mille fois.

– Si tu me quittes, je te suivrai. J'irai à ton bureau

et je raconterai tout à tes collègues. Je m'installerai devant ta porte. Je ne veux pas être plaquée; je préférerais mourir. Je ne divorcerai pas simplement pour te faire plaisir, parce que tu t'es lassé de moi.

– Si tu continues ainsi, dit-il d'une voix épaisse, tu te retrouveras veuve. Est-cela que tu désires?

Eussent-ils été seuls, elle lui aurait hurlé qu'il ne se trompait pas. En présence des autres dîneurs, elle se contenta de lui sourire d'un air rusé, étudié. N'importe quel observateur aurait pensé qu'elle s'amusait d'une bonne plaisanterie de son mari.

– Oui, siffla-t-elle, j'aimerais être veuve, veuve de *toi*. Pourquoi ne bois-tu pas jusqu'à ce que mort s'ensuive? C'est la seule solution qui te reste si tu veux être débarrassé de moi.

La serveuse s'approcha de leur table. James commanda un double cognac et « du café pour ma femme ». Il ne serait jamais débarrassé d'elle, il le savait. Il n'était pas le genre d'homme à laver son linge sale en public, à admettre l'immixtion de ses amis et de ses chefs dans sa vie privée. Ce serait une séparation à l'amiable ou rien du tout.

Et puisqu'elle était décidée à ne jamais entendre raison, puisqu'elle était incapable de comprendre, d'oublier et de pardonner, il ne lui restait plus qu'à supporter stoïquement son sort. Avec l'aide de l'alcool, songea-t-il tandis que le cognac dispensait une lourde euphorie dans son cerveau.

Il termina rapidement son verre, murmura un vague « Excuse-moi » à l'intention des éventuels auditeurs et quitta la salle à manger.

Nina retourna dans le salon de télévision. Il y avait au programme une pièce dont le thème – les démêlés d'un couple – rappelait sa propre situation. Les vieilles dames, absorbées dans leurs tricots, et les vieux messieurs, absorbés par la fumée de leurs cigares, regardaient l'écran avec apathie.

Nina décida de prendre la voiture et d'aller se promener un peu. N'importe où, le plus loin possible de l'hôtel, de James et de cette horloge qui carillonnait tous les quarts d'heure.

Il devait bien exister dans cette ville un endroit où on pouvait boire du bon café. Peut-être même trouverait-elle un cinéma où on ne projetterait pas un film sur le mariage ou sur ce que les gens appelaient (elle frissonna) les rapports sexuels.

Elle monta dans la chambre pour prendre les clefs de la voiture et un peu d'argent.

James, profondément endormi, ronflait. Il avait retiré sa cravate et ses chaussures et s'était allongé sur le dos, tout habillé. Cet idiot n'avait même pas pris la peine de se glisser sous les couvertures. Il allait geler, ainsi. Avec un peu de chance, il mourrait peut-être de froid. Elle n'allait certainement pas le couvrir, mais fermer la fenêtre pour qu'il ne fasse pas trop froid quand elle rentrerait.

Les clefs de la voiture étaient dans la poche du pantalon de James, avec beaucoup de petite monnaie. Le contact de son corps chaud à travers le tissu la fit frissonner. Son haleine empestait l'alcool, et il transpirait malgré le froid. Parmi la monnaie, il y avait deux pièces de cinq pence. Elle décida d'en prendre une pour alimenter le compteur le lendemain matin.

Ce serait horrible de s'habiller pour le mariage dans cette chambre à zéro degré. Pourquoi ne pas alimenter le compteur dès maintenant? Ainsi, la chambre serait prête pour le matin. Et en rentrant, à minuit, elle n'aurait qu'à mettre le radiateur en marche pour se réchauffer un peu.

La pièce était vaguement éclairée par la lumière jaune du réverbère dans l'allée. Nina s'accroupit devant le radiateur à gaz et s'aperçut qu'elle n'avait pas remis le cadran sur ARRET après avoir vainement essayé d'allumer les brûleurs de l'appareil. Il ne fallait pas alimenter le compteur tant que le radiateur était ouvert; sinon, le gaz – toxique, par surcroît – se répandrait dans la pièce. Or la fenêtre était hermétiquement fermée et la lourde porte ne laissait filtrer aucun courant d'air. Lentement, Nina tendit la main pour remettre le cadran sur la position ARRET.

Ses doigts effleurèrent le cadran, mais elle suspendit son geste. Elle entendit son cœur battre dans le silence tandis que l'idée, dans toute sa séduisante horreur, prenait possession d'elle. Pourquoi pas? Pourquoi ne pas alimenter le compteur en laissant le radiateur ouvert? Quel moyen agirait aussi sûrement, aussi proprement, aussi définitivement? Elle retira sa main et la serra dans l'autre pour la raffermir.

Elle se redressa et contempla son mari, dont le front pâle était mouillé de sueur. Il ronflait aussi fort et au même rythme que battait le cœur de sa femme. Etre veuve, songea-t-elle, seule et libre dans une maison sans homme. Non pas une femme divorcée, méprisée, répudiée, moquée par les juges pour sa frigidité, ridiculisée par cette Frances et ses remplaçantes, mais une veuve que tout le monde plaindrait et respecterait. Sans compter qu'avec le revenu de l'assurance-vie de James et la pension que lui verserait très probablement Mr. William Tarrant, elle serait, sinon riche, du moins très à l'aise.

James ne se réveillerait pas avant minuit. Ou, plus exactement, il ne se *serait* pas réveillé avant minuit. En fait, il ne se réveillerait pas du tout.

Le cadran du radiateur à gaz était toujours sur MARCHE. Elle prit la pièce de cinq pence et s'approcha à pas de loup du compteur. Rien ne pourrait réveiller James, mais elle marchait quand même sur la pointe des pieds. La fenêtre était bien fermée; derrière, il n'y avait que cette allée, le réverbère éclairé et le mur épais de la cathédrale.

Elle s'agenouilla et examina le compteur. C'était la première fois de sa vie qu'elle voyait pour de vrai un compteur à paiement préalable. Mais si des incapables comme les domestiques et les clients de cet hôtel minable pouvaient le faire marcher, elle le pouvait aussi.

Ici, c'était la fente pour introduire la pièce; là, la jauge dont la flèche rouge indiquait zéro. Il n'y avait donc qu'à insérer la pièce et tripoter cette manette; le cadran du radiateur étant sur la position MARCHE, le gaz de houille – ce gaz toxique qui avait déjà tué des milliers de gens : vieillards, jeunes désespérés, imbéciles prédisposés aux accidents – ce gaz mortel, donc, jaillirait aussitôt des brûleurs non allumés. Et alors...

James ne sentirait pas l'odeur. L'alcool l'avait plongé dans une inconscience aussi profonde que s'il avait absorbé les somnifères de Nina.

Nina était bien persuadée que le fait de n'avoir pas écouté les instructions de la directrice ne la gênerait pas outre mesure. Voyons, qu'avait-elle dit? Tournez la manette vers la gauche, insérez la pièce, puis tournez-la vers la droite.

Elle hésita un moment, le temps de se remémorer quelques souvenirs : James à l'époque où ils étaient jeunes mariés, James pendant leur lune de miel, patient et compréhensif; James l'assurant que sa frigidité n'avait aucune importance, que le temps et l'amour arrangeaient bien des choses... James lui avouant avec un sourire de défi sa liaison avec Frances; James, ivre nuit après nuit...

Elle n'hésita pas plus longtemps.

Elle enfila son manteau, mit les clefs de la voiture dans son sac et s'agenouilla de nouveau entre le radiateur à gaz et le compteur. Elle commença par vérifier que le petit cadran, presque au niveau du sol, était bien sur la position MARCHE. Puis elle empoigna la manette du compteur et la tourna vers la gauche. La fente était maintenant ouverte. Elle y inséra sa pièce de cinq pence et rabattit la poignée vers la droite. Il était inutile d'attendre l'odeur âcre, écœurante, du gaz s'échappant des brûleurs. Sans se retourner, Nina sortit rapidement de la chambre et referma la porte derrière elle.

L'horloge de la cathédrale sonna le dernier quart avant neuf heures.

A la fermeture du bar, à onze heures et demie, la foule des clients montant l'escalier et le brouhaha des voix auraient suffi à réveiller un mort. Ils réveillèrent James, qui resta quelque temps immobile sur le lit, les yeux grands ouverts, jusqu'à ce qu'il entende l'horloge sonner minuit. Lorsque le dernier coup se fut évanoui, il allongea le bras et alluma la lampe de chevet.

La lumière lui fit l'effet d'un couteau plongeant dans son crâne. Il maugréa. Mais il n'y avait pas de quoi faire un drame : il se sentait toujours dans cet état quand il prenait une cuite. D'ailleurs, qui s'en soucierait? Nina était encore au salon. Si seulement elle pouvait rester dehors toute la nuit! Elle appréhendait tellement de se trouver seule avec lui...

Mais maintenant que les programmes de télévision étaient terminés, elle allait monter et recommencer à lui reprocher son ivrognerie et son infidélité – bien qu'il ne se fût rien passé depuis Frances. Ils se querelleraient ainsi des heures durant, jusqu'à ce que la lumière grise et l'horloge de la cathédrale viennent leur annoncer la venue de l'aube.

Pourtant, Nina avait été si gentille naguère, si pathétique dans son désir de surmonter son triste handicap. Il n'était jamais venu à l'idée de James de la blâmer, quoique son corps eût souffert de cette carence. Et la solution qu'il avait honnêtement avouée aurait pu marcher si bien pour eux, si Nina s'était montrée compréhensive!

Pour la millième fois, il se demanda pourquoi il avait commis l'inexcusable erreur d'avouer sa liaison avec Frances alors que, au prix d'un petit mensonge, il pourrait vivre en ce moment les heures les plus heureuses de son mariage. Mais il n'était pas en état de réfléchir. Où donc la directrice avait-elle dit que se trouvait la salle de bain? Longez le couloir, et la troisième porte sur la gauche. Il attendit que l'horloge sonne le quart, puis se leva. Il ne pouvait plus attendre.

L'air froid du couloir – on se serait davantage cru en janvier qu'en avril – le rasséréna un peu, mais lui donna des élancements dans la tête. Il fallait qu'il soit fou pour se soûler ainsi. Alcoolique, à trente-cinq ans!

Oui, un vulgaire alcoolique, un ivrogne. Malheureusement, il n'avait pas le choix. Et s'il restait avec Nina, il ferait à quarante ans un alcoolique mort.

Mais comment quitter une femme qui ne veut pas vous quitter? Abandonner son emploi, s'enfuir, aller se cacher au fin fond de la terre... Il lui arrivait souvent d'avoir de telles pensées à minuit, mais il se rendait vite compte que cela ne résoudrait rien.

Il resta dix minutes dans la salle de bain. En longeant le couloir pour regagner sa chambre, il entendit des pas dans l'escalier. Conscient de son air hagard et de son haleine empestée par l'alcool, il battit en retraite et se réfugia dans un placard à balais.

Nina apparut au bout du couloir.

Elle s'approchait lentement, comme si elle se préparait à affronter quelque chose de terrible – moi, en l'occurence, soupira James. Eprouvait-elle donc tant de dégoût pour lui, qu'elle devait retenir sa respiration et serrer les poings avant de se retrouver en sa présence? Elle était très pâle et paraissait malade, effrayée. Elle ouvrit la porte et James l'entendit pousser un petit cri aigu – presque un cri d'angoisse.

Il la suivit dans la chambre; elle se retourna brusquement, et il crut qu'elle allait s'évanouir : elle était blanche comme un linge. A l'époque où il l'aimait encore et espérait pouvoir lui apprendre à l'aimer, il eût été inquiet. Mais à présent, il n'en avait cure. Il dit simplement :

– Tu as regardé un film d'horreur à la télévision?

Sans répondre, elle s'assit sur son lit et enfouit son visage dans ses mains. James se déshabilla et se mit au lit. Il commençait à ressentir des contractions nerveuses dans l'estomac, comme toujours quand il se remettait des effets d'une cuite. Il ne se rendormirait pas avant des heures. Nina se leva et entreprit de retirer ses vêtements, mais son esprit était visiblement ailleurs.

Il observa sa femme avec curiosité mais sans passion, car il avait depuis longtemps cessé d'éprouver la moindre excitation à la voir se déshabiller. Ce qui l'intriguait surtout, c'était le fait que Nina, malgré son évidente nervosité, ne renonçât pas à ses pitoyables subterfuges : sa façon de lui tourner le dos en retirant sa robe ou d'enfiler sa chemise de nuit avant de retirer ses sous-vêtements.

Elle mit un châle sur ses épaules et passa dans la salle de bain. Lorsqu'elle revint, le visage démaquillé, elle tremblait encore.

– Tu ferais mieux de prendre un somnifère, dit-il.

– J'en ai déjà pris un dans la salle de bain. Je voulais prendre une douche, mais il n'y a pas d'eau chaude.

Se glissant dans son lit, elle s'exclama de sa voix normale, féroce :

– Rien ne marche dans cet hôtel! Tout va de travers!

– Eteins la lampe et dors. C'est vraiment à croire que tu es destinée à passer le restant de ta vie ici!

Elle ne répliqua pas. Ils avaient depuis longtemps perdu l'habitude de se souhaiter une bonne nuit.

Le réverbère de l'allée était toujours allumé, de sorte que la chambre n'était pas totalement plongée dans l'obscurité. James avait rarement eu aussi peu sommeil; il était tenaillé par une sensation dont il n'avait encore jamais pris conscience : le dégoût de partager sa chambre avec Nina.

Il se dressa sur un coude et la regarda. Elle était dans l'attitude défensive d'une femme qui redoute une attaque par surprise : allongée sur le ventre, les bras repliés au-dessus de sa tête. Quoique le somnifère eût commencé à agir, son corps paraissait raidi, prêt à se dérober au moindre contact.

Une écœurante salinité émanait d'elle, comme si c'était de l'eau de mer et non du sang qui coulait dans ses veines. Avec nostalgie, James se mit à rêver aux femmes dignes de ce nom, des femmes au sang chaud, qui se réveillent quand le visage de leur mari est près du leur, des femmes qui sourient et tendent amoureusement les bras. Nina ferait tout pour l'écarter de ces femmes-là, jusqu'à ce que le temps ou la boisson l'aient rendu aussi glacé qu'elle.

Brusquement, James sentit qu'il ne pourrait rester une minute de plus dans cette chambre, sous peine de commettre un acte irréparable. Il serait capable de brutaliser Nina; peut-être même de la tuer. Pour ardent que fût son désir de se débarrasser d'elle, il ne voulait pas en arriver à cette extrémité. C'était une chose absurde, impensable. Mais il devait absolument quitter cette pièce.

Il se leva et enfila sa robe de chambre, décidé à prendre une couverture et à s'installer dans le salon de télévision pour le restant de la nuit. Nina ne s'éveillerait pas avant huit ou neuf heures et il serait rentré avant, prêt à s'habiller pour le mariage.

Drôle d'idée d'aller à un mariage, de regarder quelqu'un s'embarquer sur la même galère. Mais dans le cas présent, ce ne serait pas la même galère car, à en croire les commérages du bureau, la fille de Mr. William avait déjà ouvert ses jolis bras à bien des hommes.

L'horloge de la cathédrale sonna une heure. Au matin, la chambre serait glaciale, et ils auraient besoin du radiateur à gaz. Pourquoi ne pas mettre dès maintenant une pièce de cinq pence dans le compteur, de façon que le radiateur soit prêt à fonctionner?

Le radiateur était dans l'ombre, mais le compteur était éclairé en plein par le réverbère. James s'agenouilla et essaya de se rappeler les instructions de la directrice. Il avait intérêt à faire un essai avant de mettre sa pièce, car il n'avait qu'une seule pièce de cinq pence. Etrange ça, d'ailleurs : il aurait juré en avoir eu deux au moment où il était allé se coucher. Voyons, qu'avait dit la directrice? Tournez la manette vers la gauche, introduisez votre pièce, puis tournez-la vers la droite. Non : Tournez-la *à fond* vers la droite, *jusqu'à ce que vous entendiez tomber la pièce.* Bon, on allait bien voir si Nina avait raison de dire que rien ne marchait dans cet hôtel : James tourna la manette vers la gauche, puis vers la droite, à fond.

A l'intérieur du compteur, une pièce tomba avec un petit bruit métallique. La flèche rouge de la jauge, qui était à zéro, passa dans la zone de paiement. Parfait. Il était satisfait de ne pas avoir gaspillé son argent. Le précédent occupant de la chambre avait dû mettre cinq pence dans l'appareil en omettant de tourner la manette jusqu'à ce que la pièce tombe. En tout cas, Nina avait eu tort de se plaindre que rien ne marchait; mais il lui arrivait si souvent de se tromper que la chose n'avait rien d'étonnant.

A présent, le gaz jaillirait dès qu'on ouvrirait le radiateur. James vérifia que la fenêtre était bien fermée et jeta un dernier regard sur la femme endormie d'un sommeil lourd, dû au soporifique. Puis il sortit de la chambre et referma la porte derrière lui.

## RENCONTRE A HOLLAND PARK

D'étranges femmes échevelées, aux allures de sorcières, étaient assises autour d'une table dans le salon de Mrs. Cleasant. L'une d'elles, célèbre médium, semblait absorbée dans quelque tour divinatoire avec un paquet de cartes de tarot. Plus tard, à la tombée de la nuit, ces dames feraient tourner la table dans le but de capter l'esprit de Mr. Cleasant, mort un an auparavant – dans le but aussi, pensa Peter avec colère et dégoût, de terroriser Lisa.

– Où vas-tu? s'enquit Mrs. Cleasant en voyant Lisa revenir avec son manteau.

Peter répondit pour elle.

– Je l'emmène se promener à Holland Park. Nous irons ensuite dîner dans un petit restaurant.

– Holland Park? croassa la médium. (Si un cadavre avait pu parler, il aurait eu cette voix). Prenez garde. Ce lieu a mauvaise réputation.

Les sorcières la regardèrent avec curiosité mais la médium, sourcils froncés, examinait la carte qu'elle venait de retourner à quelques centimètres de son long nez. Toutes ces femmes rendaient Peter malade. Plus que six mois à tenir, songea-t-il, et il arracherait Lisa à cette maison de fous.

C'était un samedi après-midi. L'air du parc était frais et pur; on se serait cru à la campagne. Peter aspira à pleins poumons l'air printanier pour se purifier de l'atmosphère du salon de Mrs. Cleasant.

Il aurait aimé voir Lisa moins nerveuse, moins tendue. De sa main libre, la jeune fille ne cessait de caresser le porte-bonheur qu'elle portait au bout d'une chaîne autour du cou, ou de toucher du bois dès qu'ils passaient devant une barrière.

– Qu'a voulu dire cette femme avec la réputation du parc? demanda-t-elle soudain.

– Comment le saurais-je? Quelque bêtise surnaturelle, sans doute. Je déteste ce genre de choses.

– Moi aussi, dit-elle, mais j'en ai peur.

– Quand nous serons mariés, tu n'auras plus à te mêler de tout ce cirque. J'y veillerai personnellement. Seigneur, comme je voudrais que nous puissions nous marier maintenant, ou vivre ensemble en attendant!

– Tant que je n'ai pas dix-huit ans, je ne peux pas t'épouser sans le consentement de maman. Et si je vis avec toi, on me mettra sous tutelle judiciaire.

– Certainement pas, voyons, Lisa.

– De toute façon, nous n'avons plus que six mois à attendre. Pour moi aussi, c'est dur. Ne crois-tu pas que je préférerais vivre avec toi plutôt qu'avec maman?

Cette répartie enfantine le fit sourire.

– Allons, dit-il, tâche de prendre une mine plus réjouie, je voudrais te photographier. Puisque je ne peux pas t'avoir, toi, j'aurai au moins ta photo.

Ils étaient arrivés dans une sorte de clairière ensoleillée. Peter fit asseoir Lisa sur un tronc d'arbre, lui enjoignit de sourire et sortit l'appareil de son étui.

– Ne t'occupe pas des promeneurs, ma chérie. Regarde-moi.

Ce n'était vraiment pas de chance que l'homme et la jeune femme aient choisi juste ce moment-là pour s'asseoir sur le banc en bois.

– Lisa! s'écria Peter d'un ton excédé.

Mais il regretta aussitôt son énervement : le visage de Lisa était crispé par l'angoisse. Il s'approcha d'elle.

– Qu'y a-t-il, Lisa?
– Regarde cette femme assise sur le banc, dit-elle dans un souffle.
– Eh bien? Qu'a-t-elle donc de particulier?
– Elle me ressemble trait pour trait. C'est mon double.
– Absurde! Qu'est-ce qui te fait dire ça? Ses cheveux sont de la même couleur et vous avez à peu près la même silhouette, mais à part ça il n'y a aucune ressemblance. Elle a des années de plus que toi et...
– Peter, observe-la mieux! Elle pourrait être ma jumelle. D'ailleurs, l'homme qui l'accompagne l'a remarqué aussi. Il m'a regardée, a chuchoté quelque chose à cette femme, et ils se sont tournés vers moi.
Malgré toute sa bonne volonté, Peter ne voyait rien de plus qu'une vague similitude d'expression.
– Bon, et à supposer que ce soit ton double – ce que je refuse d'admettre – quelle importance? Pourquoi te mettre dans des états pareils?
– Tu ne connais donc pas la légende? Tu ne sais pas que quand on voit son double, on voit sa propre mort, et on mourra dans l'année?
– Oh, Lisa, je t'en prie! Je n'ai jamais rien entendu d'aussi ridicule. Je parie qu'il s'agit encore d'une idée de ces vieilles sorcières. C'est de la superstition morbide, voilà tout.
Mais rien de ce qu'il put dire ne parvint à la calmer. Le visage de Lisa avait pâli, ses yeux s'étaient voilés. Plus inquiet que fâché, il lui tendit la main et l'aida à se lever. Elle se blottit contre lui, et il vit qu'elle étreignait son amulette.
– Allons-nous en, dit-il. Nous trouverons bien un autre endroit pour prendre la photo. Ne regarde pas cette femme, si cela te bouleverse à ce point. Oublie-la.
Tandis qu'ils s'éloignaient le long du sentier, l'homme assis sur le banc dit à sa compagne :
– Vraiment, tu ne trouves pas que cette fille était ton portrait?
– Je te l'ai déjà dit : non.

– Evidemment, tu parais beaucoup plus âgée qu'elle, plus mûre. Ça, je te l'accorde.

– Merci.

– Mais tu es presque son double. Avec une douzaine d'années et de liaisons amoureuses en moins, tu serais *exactement* son double.

– Stephen, si tu veux faire une nouvelle scène, dis-le carrément et je rentre à la maison.

– Je ne veux rien du tout. Je suis simplement fasciné par un phénomène extraordinaire. Holland Park a la réputation d'être un lieu étrange. Selon la légende, certaines personnes peuvent ici rencontrer leur double.

– Je n'ai jamais entendu parler de cela.

– Et pourtant, ma chère Zoe, c'est ainsi. « *Le Mage, Zarathoustra, mon enfant mort A vu sa propre image marcher dans le jardin.* »

– De qui est-ce?

– Shelley. La superstition veut que si on voit sa propre image on meure dans l'année.

Elle se tourna lentement et le dévisagea.

– Souhaites-tu que je meure dans l'année, Stephen?

Il éclata de rire.

– Oh, toi, tu ne mourras pas; tu ne l'as pas vue. C'est *elle* qui t'a vue. Et ça l'a effrayée. Il la prenait en photo, tu as remarqué? J'aurais aimé lui demander d'en prendre une de vous deux ensemble. Nous pourrions essayer de les rattraper, qu'en dis-tu?

– J'en dis que tu as une imagination morbide.

– Une saine curiosité, tout au plus. Allons, viens. En marchant rapidement, nous pourrons les rattraper à la grille.

– Si ça t'amuse, soupira Zoe.

Tendrement enlacés, Peter et Lisa ne virent pas approcher l'autre couple. Peter avait réussi à faire oublier à Lisa son double en lui parlant de leurs projets de mariage. A la grille nord, quelqu'un derrière lui cria :

– Excusez-moi!

Il se tourna et vit l'homme qui était assis tout à l'heure sur le banc.

– Oui? dit Peter avec raideur.

– Pardonnez mon sans-gêne, mais je vous ai vus là-bas et j'ai été... euh, frappé par la ressemblance entre mon amie et cette jeune dame. La ressemblance est hallucinante, vous ne trouvez pas?

Peter n'osait pas regarder Lisa. *Quelle poisse!* songea-t-il avec consternation.

– Non, dit-il, je ne trouve pas. Honnêtement, je ne vois aucune ressemblance.

– Pas possible? Ecoutez, pourriez-vous m'accorder une faveur? Je voudrais que vous preniez une photo des deux ensemble. Vous voulez bien? Dites oui...

Peter s'apprêtait à refuser sèchement lorsque Lisa intervint.

– Pourquoi pas? C'est d'accord. La coïncidence est si amusante; il nous faut en garder un souvenir.

– Brave petite! Maintenant, procédons aux présentations : je m'appelle Stephen Davidson et voici Zoe Conti.

– Lisa Cleasant et Peter Milton, dit Peter, encore tout étonné de la réponse enthousiaste de Lisa.

– Enchanté de vous connaître, Lisa et Peter. A présent, les femmes, allez vous placer là-bas, dans ce rayon de soleil.

Peter prit la photo et promit à Stephen et Zoe de leur en envoyer un exemplaire quand la pellicule serait développée. La jeune femme lui donna l'adresse de l'appartement qu'elle partageait avec Stephen, lequel se trouvait être à un pâté de maisons du sien. Stephen, relevant cette seconde coïncidence, proposa à l'autre couple de faire un bout de chemin ensemble, mais Peter déclina l'offre. Ils se séparèrent sur Holland Park Avenue.

– Cela ne t'ennuie pas que nous ne soyons pas rentrés avec eux, n'est-ce pas? dit Lisa.

– Bien sûr que non. Je préférais être seul avec toi.

– Je suis contente, dit-elle.

Puis elle ajouta :

– Je l'ai fait pour toi.

Il comprit. Par amour pour lui, elle s'était laissée photographier avec Zoe, afin de lui prouver qu'elle pouvait surmonter ses terreurs superstitieuses. Puisqu'il le désirait, elle voulait essayer. Il la prit dans ses bras et l'embrassa. Elle se blottit contre lui. Il sentait sur sa poitrine les battements du cœur de la jeune fille.

– Je n'en parlerai à personne d'autre, dit-elle.

Lorsque la pellicule fut développée, il ne la montra pas à Lisa. Il allait se contenter d'envoyer une épreuve à Zoe et Stephen, et l'incident serait clos. Au moment où il glissait la photo dans une enveloppe, il réalisa qu'il allait devoir rédiger un petit mot d'accompagnement, ce qui l'ennuyait fort car il avait horreur d'écrire. Tout bien pesé, plutôt que de poster la lettre, il aurait aussi vite fait de la porter à domicile. Un soir, il s'y décida.

Il n'avait aucunement l'intention de monter, mais Zoe arriva juste au moment où il glissait l'enveloppe dans la boîte aux lettres.

– Entrez donc boire un verre, proposa-t-elle.

Incapable de trouver sur-le-champ une excuse, il accepta. Elle le précéda dans l'escalier, tout en examinant la photo, et s'arrêta au deuxième étage.

– Je ne vois là aucune trace de cette fantastique ressemblance, dit-elle. Et vous?

Peter secoua la tête. Il se demandait comment Lisa avait bien pu s'imaginer voir son double dans cette femme de trente ans au regard las et hagard.

– Cette ressemblance existait surtout dans l'imagination de votre ami, dit-il en pénétrant dans l'appartement. Nous allons voir ce qu'il en dit maintenant.

Elle fut un long moment avant de répondre d'un ton brusque :

– Il m'a quittée.

Embarrassé, Peter la regarda droit dans les yeux –

ces yeux dont les paupières étaient comme des meurtrissures.

– Je suis désolé. Vous êtes malheureuse?

– Je ne me tirerai pas une balle dans la tête, si c'est ce que vous voulez dire. Nous avons vécu quatre ans ensemble; la séparation est dure à supporter. Mais je ne veux pas vous ennuyer avec cela. Parlons d'autre chose.

Peter était bien décidé à ne rester que quelques minutes. Pourtant, quand au bout d'une heure Zoe lui annonça qu'elle allait préparer le dîner et lui demanda de le partager avec elle, il accepta.

C'était une interlocutrice intéressante. Elle était musicologue; elle lui parla de son métier et lui passa des disques. Le repas – simple mais excellent – terminé, elle lui parla de sa vie privée, de ses relations avec Stephen. Mais elle ne s'apitoyait pas sur son sort. Et elle savait écouter aussi bien que parler.

C'était important pour Peter de pouvoir se confier à une femme mûre, équilibrée, qui l'écoutait sans l'interrompre. Il lui expliqua qu'il était fiancé avec Lisa, qu'ils se marieraient quand elle aurait dix-huit ans et aurait hérité de la moitié de la fortune de son père décédé. Non pas, dit-il, que l'argent eût une quelconque importance; il aurait préféré épouser Lisa sans un sou. Tout ce qu'il voulait, c'était l'arracher à cette malsaine atmosphère d'occultisme, à ce foyer cloîtré.

– De quoi a-t-elle peur? demanda Zoe lorsque Peter la mit au courant des terreurs superstitieuses de Lisa et de son indispensable amulette.

Il haussa les épaules.

– Du destin... De quelque fureur vengeresse qui pourrait prendre ombrage de son bonheur...

– Ou de la solitude... murmura Zoe. Elle a perdu son père; peut-être a-t-elle peur de vous perdre.

– C'est bien la dernière chose qu'elle a à craindre, dit-il avec chaleur.

Il était minuit lorsqu'il partit. Le lendemain, il se prépara à dire à Lisa où il avait passé la soirée. Il n'y avait aucun secret entre eux. Mais Lisa était nerveuse, inquiète : elle avait assisté avec Mrs. Cleasant à une séance de spiritisme. Dans ces conditions, Peter jugea préférable de ne pas aborder un sujet qu'il valait mieux oublier. Surtout qu'il ne reverrait jamais Zoe.

Mais environ un mois plus tard – un mois pendant lequel Peter avait connu avec Lisa un bonheur paisible –, il rencontra par hasard Zoe dans la rue. Tandis qu'ils bavardaient, il lui vint à l'esprit qu'il avait pris un repas chez Zoe et lui devait donc, de ce fait, un dîner. Pourquoi ne pas l'emmener au restaurant avec Lisa?

Vu son humeur actuelle, Lisa en serait ravie, et ce serait une bonne chose pour elle de voir, avec le recul du temps, combien sa superstition lui avait fait perdre la tête. Il fit part de son invitation à Zoe, qui hésita, puis accepta quand il lui assura que ce serait un dîner à trois.

Ils convinrent donc de se téléphoner sous quinzaine pour fixer une date.

– J'ai rencontré Zoe et je l'ai invitée à dîner avec nous. Ça te va?

Le visage de Lisa reprit son expression d'enfant terrifiée.

– Oh, non, Peter! Je pensais que tu avais compris. Je ne veux pas la revoir, jamais!

– Mais enfin, pourquoi? Tu as vu la photo, tu as pu constater que tu t'étais fait des idées. En outre, Stephen ne sera pas là. Je sais que tu ne l'aimais pas, et je partage ton opinion sur ce point. Mais ils ne vivent plus ensemble; il l'a quittée.

Elle frissonna.

– Je t'en supplie, Peter, n'y allons pas.

– Désolé. Je ne peux pas revenir sur mon invitation.

Le soir du rendez-vous arriva. Pour la circonstance, Zoe avait revêtu une longue robe et remonté ses cheveux sur le sommet de la tête. Elle paraissait majestueuse, mystérieusement métamorphosée.

– Où est Lisa? demanda-t-elle.

– Elle n'a pas pu venir. Elle part en vacances en Grèce avec sa mère à la fin de la semaine et elle termine ses bagages.

C'était vrai – en partie. Il énonça cette demi-vérité avec assurance, comme si c'était la vérité tout entière. Il ne pouvait détacher ses yeux de cette Zoe transfigurée et se félicitait d'avoir réservé une table dans un restaurant chic.

A la douce clarté de la lampe, elle semblait beaucoup plus jeune. Pour la première fois, Peter eut conscience de la ressemblance existant entre elle et Lisa. L'aînée des sœurs et la cadette, par un effet de la lumière, du maquillage – et, peut-être, de sa propre imagination – avaient aboli l'écart des années et étaient devenues jumelles.

Ç'aurait aussi bien pu être Lisa qui lui parlait de l'autre côté de la table, mais une Lisa mûrie par la vie et l'expérience. Lisa n'aurait jamais pu parler ainsi – de littérature, de musique, de voyages... – ni l'écouter aussi gravement, ni le conseiller avec une telle sagesse. Tout désolé de voir la soirée arriver à son terme, il quitta Zoe à la porte de l'appartement.

Lisa semblait avoir oublié le rendez-vous à dîner avec Zoe. Elle n'y fit aucune allusion, et Peter non plus. Le lendemain, elle devait partir avec sa mère pour un mois de vacances recommandées par le médecin pour la santé de Mrs. Cleasant.

– Comme je voudrais ne pas partir! dit-elle à Peter. Tu ne peux pas savoir à quel point tu vas me manquer.

– Et toi, tu ne crois pas que tu me manqueras?

– Prends bien soin de toi. Je vais me faire du souci, tu sais. Tu vas rire, mais du temps où mon père était encore vivant, quand il partait en voyage, j'écoutais toujours les nouvelles quatre ou cinq fois par jour au cas où on annoncerait un accident d'avion ou de chemin de fer.

– En l'occurence, c'est toi qui t'en vas, Lisa.

– Cela revient au même... – De la main, elle effleura l'amulette qu'elle portait à son cou. – Moi, j'ai ceci, mais toi? Prendrais-tu mon trèfle à quatre feuilles si je te le donnais?

— Moi qui croyais que tu avais renoncé à tous ces enfantillages! dit-il d'un ton amer.

La déception de Peter faillit gâcher leurs adieux. Lisa l'embrassa sur la joue avec une sorte de tristesse passionnée.

— Ecris-moi, dit-elle. Je t'écrirai tous les jours.

Ses lettres commencèrent à arriver à la fin de la première semaine. On aurait dit des rédactions écrites par une étudiante en géographie, avec, ça et là, des messages d'amour à l'intention du professeur. Ces lettres laissèrent Peter insatisfait, un peu maussade. Il se sentait seul sans elle, mais d'un autre côté il avait peur de cette photo de Lisa qu'il portait sur lui.

Il avait besoin d'en parler à quelqu'un. Après un ou deux jours d'indécision, il téléphona à Zoe. Dix minutes plus tard il était chez elle, à boire son café et à écouter ses disques. Sa compagnie était d'un réconfort encore plus grand qu'il ne l'aurait cru : cette façon qu'avait Zoe de pencher la tête, son sourire indéfinissable, la mèche de cheveux barrant son front — tout cela lui rappelait Lisa.

Pourtant, en cette occasion, il ne parla pas de ses craintes.

— Je n'arrive pas à comprendre comment j'ai pu penser que vous et Lisa ne vous ressembliez pas.

— Je ne l'ai pas remarqué moi-même.

— C'est inquiétant... presque surnaturel.

Elle sourit.

— Si cela peut vous aider de venir me voir pour passer le temps durant son absence, ne vous gênez pas, Peter. Je comprends que cela puisse vous faciliter les choses, surtout si je vous rappelle Lisa.

— Ce n'est pas seulement cela, murmura-t-il. Ne le croyez surtout pas.

Elle ne dit rien. Ce n'était pas son genre de poser des questions, d'insister, de se mettre égoïstement en valeur. A leur rencontre suivante, il se décida à lui faire part de ses craintes concernant Lisa. Ses explications l'épouvantèrent lui-même : les mots lui paraissaient plus puissants, plus révélateurs que les pensées d'où ils avaient jailli.

– Il n'est pas tout à fait vrai que vous me rappeliez Lisa. Ce n'est pas cela. En fait, je vois à travers vous la femme qu'elle *pourrait* devenir mais ne sera jamais.

– Qui voudrait être comme moi?

– Tout le monde. N'importe quelle jeune fille. Vous êtes ce que toute femme devrait être, Zoe : intelligente, équilibrée, indépendante... et belle.

– Et à supposer que ce soit vrai – ce que je ne crois pas, dit-elle d'un ton léger, pourquoi Lisa ne deviendrait-elle pas ainsi?

– Parce que, quand elle aura dix-huit ans, elle sera une riche héritière. Elle n'aura jamais besoin de travailler de ses mains, d'étudier ou de lutter pour vivre. Nous habiterons une belle maison, et Lisa ressemblera de plus en plus à sa mère : une femme vaine et névrosée, abrutie par les somnifères. Elle passera tout son temps avec des spirites, en se laissant entraîner dans des cultes morbides. Quand je vous regarde, je ne vois pas le double de Lisa. Je la vois, *elle*, comme elle serait dans treize ans si une autre voie lui avait été tracée dans la vie. Et en même temps, je vous vois comme vous seriez si vous aviez mené le genre de vie qui attend Lisa.

– Si vous l'aimez, vous pouvez l'aider à échapper à cette vie, dit Zoe.

Du jour au lendemain, les lettres de Lisa cessèrent d'arriver. Une semaine s'écoula sans une lettre. Peter, effrayé de ce qui lui arrivait, s'était juré de ne pas revoir Zoe. Mais elle habitait si près, il pensait si souvent à elle, qu'il fut incapable de résister.

Il retourna la voir et lui raconta un mensonge dont il avait réussi à se convaincre lui-même que c'était la vérité : Lisa était trop jeune pour éprouver envers quelqu'un un amour sincère et durable; ses lettres, de plus en plus indifférentes, avaient maintenant cessé d'arriver.

Zoe l'écouta développer avec persuasion ses arguments. Quand il l'embrassa, elle répondit d'abord avec prudence, puis avec une ardeur née de sa propre solitude. Ils firent l'amour. Quand, plus tard, il lui demanda la permission de rester cette nuit-là, elle accepta.

A partir de ce moment, il passa toutes ses nuits avec elle, de sorte qu'il rentrait rarement chez lui. Lorsqu'il le fit, il trouva une dizaine de lettres qui l'attendaient sur le paillasson. Lisa et sa mère se trouvaient dans une île de la mer Egée – chez un mystique dont Mrs. Cleasant brûlait de faire la connaissance – où le courrier était irrégulier. Impatient et honteux, il lut les lettres puériles, les « Peter chéri, tu me manques, jamais plus je ne te quitterai ». Puis il retourna chez Zoe.

Quel instinct le poussa à lui parler de ces lettres? Il le regrettait à présent. Il avait désiré Zoe pour sa sagesse, son honnêteté, et voilà que maintenant ces qualités mêmes dressaient entre eux un obstacle.

– Quand revient-elle?

– Samedi prochain.

– Peter, je ne sais pas ce que tu comptes faire : me quitter et l'épouser, ou la quitter et rester avec moi. Mais quelle que soit ta décision, tu dois lui dire ce qu'il en est entre nous.

– Mais c'est impossible!

– Il le faut. Il le faut, peu importe comment. D'ailleurs, si tu as l'intention de rester avec moi, tu n'as pas le choix.

Si : rester avec les deux femmes jusqu'à ce qu'il soit sûr de son fait.

– Tu sais bien que je ne peux pas vivre sans toi, Zoe. Mais je ne peux pas le dire à Lisa, pas encore. Ce n'est qu'une enfant.

– Tu vas épouser cette enfant. Tu l'aimes.

– Est-ce bien sûr? Je l'ai cru...

– Comprends-moi bien, Peter : je ne veux pas me rendre complice d'une tromperie. Si tu ne me promets pas de le lui dire, tout sera fini entre nous.

Quand il verrait Lisa, peut-être...

Le dimanche soir, il traversa le parc et se rendit chez Mrs. Cleasant. La médium était là. Une autre femme, qui avait l'air d'une participante à une messe noire, écoutait avec avidité Mrs. Cleasant lui raconter son séjour chez le mystique de la mer Egée et ses recherches pour percer le mystère de la Grande Pyramide. Lisa se précipita dans les bras de Peter, en pleurant littéralement de joie.

– Cette enfant a rêvé de vous chaque nuit, Peter, dit Mrs. Cleasant avec l'un de ses étranges regards lointains. Elle a fait de ces rêves! C'est certainement une psychique, comme moi. Quand nous avons appris que les postes étaient retardées, je lui ai conseillé de vous envoyer un message télépathique, mais elle n'a pas voulu.

– Je savais que ça ne te plairait pas, dit Lisa en se blottissant contre lui.

Peter jugea que le moment eût été vraiment mal choisi pour lui annoncer sa liaison avec Zoe. Plus tard, peut-être, s'il faisait retarder le mariage et laissait les choses se tasser... En tout cas, il était hors de question de le lui dire maintenant.

Il prétendit à Zoe que c'était fait. C'était le seul moyen de continuer à la voir.

– Comment a-t-elle pris la chose?

– Oh, très bien, mentit-il. Beaucoup d'hommes ont attiré son attention pendant les vacances. Je crois qu'elle commence à se rendre compte que je ne suis pas le seul homme au monde.

– Et... elle nous accepte?

Quel besoin avait-elle d'insister? Pourquoi lui compliquer encore la tâche? Il répondit avec assurance, mais au fond de lui-même il se dégoûtait.

– Elle considère notre liaison comme une porte ouverte sur sa liberté.

Zoe fut convaincue. Les personnes habituées à dire la vérité ont toujours du mal à soupçonner le mensonge chez les autres.

– Bien sûr, je ne l'ai rencontrée qu'une fois, et quelques minutes seulement... Mais je me demande, Peter, si tu n'as pas eu tort de croire à son amour. Tu ne vas pas la revoir?

Il lui assura que tout était terminé, qu'ils s'étaient séparés et ne se reverraient plus. Mais l'énormité de son mensonge l'épouvanta. Et quand il alla retrouver Lisa, peu après, il lui répéta pour la millième fois – en le pensant sincèrement – qu'il l'aimait et était impatient de vivre avec elle. Allait-il sacrifier, pour une femme de cinq ans plus âgée que lui, cet amour enfantin et passionné? Et si, à un moment donné, il venait à se fatiguer de l'une et à regretter l'autre?

Pourtant, ce soir-là, il retourna chez Zoe.

Avec une habileté diabolique – et un peu effrayante – il partagea alors son temps entre les deux femmes. Ce n'était pas trop difficile. Il passait la plupart de ses soirées avec Lisa; Zoe le croyait quand il disait avoir été retenu par son travail.

Cette double vie, ce chassé-croisé se poursuivirent jusqu'à l'automne. Plus le temps passait, plus Peter se sentait attiré par Zoe. Mais Lisa et sa mère avaient arrêté la date du mariage; il accepta avec résignation son inexorable approche.

En cet après-midi d'octobre, il avait rendez-vous avec Zoe à Holland Park, près de la grille nord. Lisa devait se prêter à un essayage de sa robe de mariée et dîner ensuite avec sa mère dans ce qu'elle appelait « l'antre de la médium ». Donc, tout allait bien. Il attendit à la grille pendant près d'une heure.

Comme Zoe n'apparaissait toujours pas, il se rendit à l'appartement de la jeune femme mais ne reçut aucune réponse à ses coups de sonnette répétés. De chez lui, il lui téléphona cinq fois dans la soirée, en vain. Il passa une nuit blanche, sa première nuit en solitaire depuis quatre mois.

Toute la journée du lendemain, il essaya de l'appeler à son bureau. Pour la première fois depuis qu'il connaissait Lisa, il resta deux jours sans lui téléphoner.

Le téléphone sonnait lorsqu'il rentra chez lui à six heures. Ce devait être Zoe; c'était certainement Zoe... Il souleva le récepteur et entendit la voix effrayée de Mrs. Cleasant.

– Peter?

La déception lui fit l'effet d'une douleur physique.

– Oui, dit-il. Comment allez-vous? Et Lisa?

– Peter, j'ai de très mauvaises nouvelles. Je pense que vous feriez mieux de venir. Oui, tout de suite.

– Qu'y a-t-il? Il est arrivé quelque chose à Lisa?

– Lisa... a passé. Hier soir, elle a avalé un tube de somnifères. Je l'ai trouvée morte ce matin.

Il partit en toute hâte. La nuit était tombée; le parc était jonché de feuilles mortes. C'était là, dans cette clairière, à l'époque où les feuilles se paraient des couleurs du printemps, qu'il avait photographié Lisa; c'était là qu'il avait vu Zoe pour la première fois.

Mrs. Cleasant n'était pas seule : plusieurs membres de son club de spiritisme l'entouraient. Elle paraissait plus calme que jamais. Peter devina qu'elle était droguée.

– Comment est-ce arrivé? demanda-t-il.

– Je vous l'ai dit : elle a avalé un tube de somnifères.

– Mais... pourquoi?

Les yeux de la médium, d'une fixité étrange, semblaient voir des fantômes derrière lui. Peter se détourna, mal à l'aise.

– Vous n'êtes en rien responsable, Peter, dit Mrs. Cleasant. Elle vous aimait, soyez-en sûr. Elle était si heureuse, encore hier! Elle avait annulé son rendez-vous chez la couturière. Comme il faisait beau, elle voulait s'aérer un peu et aller vous surprendre chez vous. Elle avait enlevé son porte-bonheur – vous savez, cette amulette qu'elle portait – parce que vous ne l'aimiez pas. Je lui ai conseillé de la garder; cela pouvait avoir une influence bénéfique, qui sait? Si elle l'avait portée...

– Ah, si elle avait été sous la Protection! soupira la médium.

– Nous devions dîner dehors, poursuivit Mrs Cleasant. Je l'ai attendue, longtemps. Comme elle n'arrivait pas, je suis partie seule. Je pensais qu'elle était avec vous, en sécurité. Mais quand je suis rentrée, je l'ai trouvée ici; elle paraissait lasse et effrayée. Elle m'a dit qu'elle allait se coucher. Je lui ai demandé ce qui n'allait pas, et elle m'a répondu...

La voix de Mrs. Cleasant se brisa. Les sorcières s'empressèrent autour d'elle, avec force gestes et lamentations.

Ce fut la médium qui expliqua de sa voix de cadavre :

– Elle a dit qu'elle avait vu son double dans le parc.

– Mais c'était il y a six mois! hurla-t-il. C'était en avril!

– Non, elle a vu son double hier après-midi, son image se promenant dans le parc. Et elle a osé l'aborder. Comment savoir ce que peut dire la Mort lorsqu'on s'adresse à elle?

Alors Peter s'enfuit, se rua hors de la maison. Il héla un taxi et demanda au chauffeur, d'une voix tremblante, de le conduire chez Zoe. Les fenêtres de l'appartement étaient éclairées. Il pressa le bouton de sonnette, désespérément, sans discontinuer. Comme elle ne répondait pas, il martela la porte avec ses poings en hurlant son nom. Lorsqu'il eut compris qu'elle ne viendrait pas lui ouvrir, qu'il l'avait à jamais perdue, elle et son image, son double et elle, il s'effondra sur le palier et se mit à pleurer.

Le chauffeur de taxi, qui remontait la rue en quête d'un client, crut en le voyant que Peter était ivre. Il chercha son adresse dans ses papiers et le ramena chez lui.

# L'AMI DE PAULINE

Ce fut Mère qui parla à Marjorie de l'ami de Pauline, et non Pauline elle-même. Pauline avait toujours été une fille maussade, qui ne s'extériorisait guère.

Dès qu'elle fut sortie de la pièce pour aller chercher le thé, Mère se pencha en avant, croisa les mains sur le pommeau de sa canne et chuchota :

– Pauline a un petit ami.

– Comment le sais-tu? demanda Marjorie.

Question stupide : Mère était bien placée pour le savoir, puisque Pauline et elle vivaient ensemble à longueur de journée.

– Il est venu hier soir. J'étais couchée quand il est arrivé mais je les ai entendus parler en bas. Il n'est d'ailleurs pas resté longtemps. Au moment de partir, il a dit : « En tant que médecin, Pauline... » Je suppose donc qu'elle l'a connu *là-bas*.

Marjorie n'aimait pas parler de « là-bas ». C'était peut-être stupide – vieux jeu, comme disait George – mais un asile de fous était un asile de fous (même si on préférait aujourd'hui appeler ça « maison de santé ») et il lui était désagréable de penser que sa sœur avait fait un séjour dans l'un de ces établissements. Un effondrement mental – pourquoi le spécialiste n'avait-il pas parlé d'effondrement *nerveux*? – était une chose terrible à avoir dans sa famille.

– Peut-être est-il venu... euh... d'un point de vue professionnel? dit-elle. Tu n'as pas posé la question à Pauline?

– Je n'ai pas osé, chérie. Tu sais comment elle est.

Marjorie le savait. Mais les deux femmes durent changer de sujet, car Pauline revenait à cet instant avec le plateau à thé. Elle beurra un toast, le brisa en petits morceaux et noua une serviette autour du cou de Mère – tout ceci dans le plus grand silence.

– Pourquoi as-tu sorti le beau service en porcelaine? gronda Mère.

– Voyons, Mère, dit Marjorie, c'est le vieux service en porcelaine bleue dont tu te sers toujours.

– Non.

Marjorie s'apprêtait à protester mais Pauline l'interrompit.

– Laisse tomber, elle n'y voit rien. Sa vue est de plus en plus mauvaise. – Elle adressa à sa mère l'un de ses radieux sourires d'infirmière. – Mais oui, c'est le beau service en porcelaine, dit-elle en essuyant avec un mouchoir les coins de la bouche de la vieille dame.

Le goûter terminé, Marjorie s'en alla. Mère comprenait fort bien qu'il ne lui fût pas possible de rester longtemps, à cause de George et des enfants. L'excuse était parfaitement valable. D'ailleurs, elle avait fait son devoir : elle avait fait la vaisselle avant de partir, sous le regard de Pauline dont le silence était plus difficile à supporter que n'importe quel bruit.

Le samedi après-midi elle était de retour, « juste pour une petite visite », comme elle disait, avant d'aller faire ses courses.

– Il est encore venu hier soir, chuchota Mère.

– Qui donc?

– Ce médecin, l'ami de Pauline. Cette fois, il est resté très tard. J'ai appelé Pauline parce que je voulais aller aux toilettes. Il était onze heures passées et je l'ai entendu parler après que je me sois recouchée.

Pauline était dans le jardin, occupée à étendre le

linge – les chemises de nuit de Mère, les serviettes et les draps. Lorsqu'elle revint dans le salon, Marjorie, mal à l'aise, détailla sa silhouette. Sa sœur paraissait épuisée. C'était une femme grande et maigre, aux cheveux noirs et au teint basané; elle était si maigre que son vieux pantalon informe flottait contre ses hanches. Ses yeux cernés d'ombres noires avaient un éclat vitreux, sans doute dû aux drogues qu'elle prenait depuis qu'elle était sortie de « là-bas ».

– J'ai un bouton sur le nez? dit Pauline. Pourquoi me regardes-tu comme ça?

– Excuse-moi, je rêvais...

Marjorie prit congé en disant qu'il lui fallait partir si elle voulait arriver avant la fermeture des magasins. Mère la remercia d'être venue voir « un vieux fléau comme moi » – perfide réflexion, après laquelle Marjorie n'osa pas regarder Pauline. Elle alla faire ses courses et rentra chez elle, l'esprit fort troublé; mais elle attendit que les enfants soient partis pour faire part de sa préoccupation à son mari. Dès qu'on parlait de leur grand-mère, Brian – dix-sept ans – et Susan – seize ans – ne manquaient jamais de faire remarquer, avec la naïveté de la jeunesse, que Nanny était « un amour de vieille dame », qu'ils ne verraient aucun inconvénient à ce qu'elle vienne vivre avec eux, et que ce n'était vraiment « pas marrant pour tante Pauline » de ne jamais pouvoir sortir.

– Pauline a un petit ami, George.

– Tu plaisantes?

– Pas du tout. C'est un médecin qu'elle a rencontré quand elle était là-bas, à Hightrees. Il est venu la voir deux soirs de suite et il est resté très tard. C'est Mère qui me l'a dit.

– Chère vieille Pauline, dit George. Elle a quarante ans, si je ne me trompe?

– Quarante-deux, corrigea Marjorie. Tu sais bien qu'elle a sept ans de moins que moi.

– Elle n'en a pourtant pas l'air. Les gens te prennent toujours pour la cadette.

George sourit affectueusement à sa femme et déplia son journal.

– Ecoute-moi, George, je n'ai pas fini. George, suppose... suppose qu'elle se marie? – Elle prononça ces mots d'une voix âpre, presque hystérique – Suppose qu'elle épouse ce médecin?

– Qui? La vieille Pauline?

– Pourquoi pas? Je sais qu'elle n'est plus toute jeune et n'a pas grand-chose pour elle, mais quand on voit certaines femmes qui ont réussi à se marier... on en vient à croire que tout est possible. Quoiqu'en disent les jeunes, aujourd'hui, *toutes* les femmes ont envie de se marier. Alors, pourquoi pas Pauline?

– Faut-il encore qu'elle trouve un homme qui veuille bien l'épouser...

– Celui-là pourrait bien être le bon. Il est médecin, et c'est ce que Pauline a toujours rêvé d'être. Elle voulait d'ailleurs faire sa médecine; mais comme Mère ne voulait pas en entendre parler, elle a dû se contenter de faire des études d'infirmière. D'autre part, elle a une forme d'esprit masculine : quand elle veut, elle peut être très savante. Ils auraient beaucoup de choses en commun.

– Eh bien, tant mieux! Depuis que je connais Pauline, elle n'a pas eu beaucoup l'occasion de sortir avec des hommes. Si elle en a maintenant trouvé un avec qui se marier – ma foi, j'en suis ravi pour elle.

– Mais... George, ne comprends-tu pas? Que va devenir Mère? Un médecin est toujours surchargé de travail. Il ne voudra pas de Mère. Tu ne peux pas savoir comme elle est terrible : il lui arrive de faire lever Pauline cinq ou six fois la même nuit. Elle la dérange pour un rien. Et dans la journée, elle garde Pauline sur la brèche, réclamant toujours quelque chose : ses lunettes, son tricot ou ses pilules. Pauline ne se plaint jamais, mais j'ai parfois l'impression qu'elle ferait n'importe quoi pour en finir. Je ne devrais pas dire ça, mais je me demande si elle n'a pas simulé cette dépression quand Mère a eu sa première attaque, dans l'espoir qu'elle n'aurait plus à revenir s'oc...

– Tu ne crois pas que tu fais une montagne de pas grand-chose? l'interrompit George avec placidité. Pour autant que nous sachions, ce type n'est venu que deux fois et ne reviendra peut-être jamais plus.

La hantise de Marjorie était de voir arriver le moment où Mère devrait venir habiter chez elle. Elle ne comprenait d'ailleurs pas comment elle avait réussi à y échapper si longtemps. Dès le début, c'était elle qui avait paru toute désignée pour s'en occuper. D'abord, elle était – et avait toujours été – la préférée de Mère. Pauline, elle, aurait dû être un garçon. Marjorie se souvenait encore d'avoir entendu, à sept ans, sa mère confier à ses amies : « Je le porte en avant; cette fois, ce sera un garçon ». Paul. Le prénom était choisi, la layette bleue toute prête. Mère ne s'était jamais tout à fait consolée d'avoir une deuxième fille. Marjorie se souvenait qu'elle s'était montrée indifférente, dure, voire même cruelle avec Pauline, se moquant méchamment d'elle lorsque celle-ci avait exprimé le désir de préparer sa médecine, la raillant parce qu'elle n'avait jamais réussi à se marier. D'autre part, Marjorie avait une très grande maison – assez grande pour permettre à Mère d'avoir sa chambre, – elle ne travaillait pas, et ses enfants volaient maintenant de leurs propres ailes. Marjorie avait bien de la chance que Pauline n'ait pas été un garçon, car un homme n'aurait jamais abandonné son emploi, son appartement, son mode de vie pour s'occuper d'une mère sans amour à donner ni à recevoir.

Néanmoins, tant que Mère vivrait, un changement pourrait toujours survenir. Et Marjorie savait que dans cette hypothèse elle ne pourrait pas compter sur George et les enfants pour défendre son point de vue. George n'opposerait aucune résistance à l'invasion de sa maison par sa belle-mère, car ce n'était pas lui que Mère ferait se lever en pleine nuit pour se plaindre de courants d'air ou de rhumatismes, réclamer des gouttes pour les yeux ou du lait chaud. Ce n'était pas lui qui aurait à écouter les interminables anecdotes sur la façon dont les gens vivaient en 1910, ou qui s'entendrait demander quotidiennement d'une voix mourante :

– Penses-tu que je verrai un autre hiver, chérie?

Bien qu'elle fût l'aînée, Marjorie avait toujours eu un peu peur de Pauline. Sa sœur avait été une enfant très renfermée, passant de longues heures calfeutrée dans sa chambre. A cette époque, – comme cela est fréquent chez les enfants, – elle s'était inventé un ami imaginaire, Pablo, qui avait joué pendant des années le rôle de porte-parole des sentiments de Pauline. « Pablo dit qu'il ne veut pas y aller », quand une sortie était proposée à laquelle Pauline ne voulait pas se rendre; « Pablo vous déteste », quand Pauline éprouvait le besoin d'extérioriser sa propre haine. Pablo avait disparu à la puberté de Pauline, et depuis lors Marjorie ne se rappelait pas avoir vu sa sœur exprimer un sentiment quelconque. Pas même quand Père était mort ou que Marjorie avait perdu son premier bébé à la naissance. Et quand on avait déclaré à Pauline que la seule solution, si l'on voulait éviter d'envoyer Mère dans une maison de retraite à soixante livres par semaine, était qu'elle abandonne son travail et sa maison, elle avait simplement dit, le visage impassible :

– Je suppose que je n'ai pas le choix.

Pas un instant elle n'avait suggéré qu'on s'adresse à Marjorie plutôt qu'à elle. Mais la première fois que Marjorie avait rendu visite aux deux femmes après leur installation, Pauline, qui embrassait toujours sa sœur pour lui dire bonjour ou au revoir, avait brusquement mis fin à cette habitude. Si bien que, depuis ce jour, elles ne s'étaient plus jamais embrassées.

Aucune plainte concernant les difficultés de sa tâche n'avait jamais franchi les minces lèvres serrées de Pauline, pas plus qu'elle n'avait protesté auprès de Mère, quelles que fussent ses exigences. Elle se contentait simplement, parfois, d'énumérer à Marjorie d'une voix monotone et indifférente les diverses corvées accomplies depuis la veille :

– Mère m'a fait lever à minuit, et de nouveau à quatre heures et cinq heures. Son lit était toujours mouillé. J'ai tout lavé pour huit heures et j'ai fait le ménage dans le living-room. Je suis ensuite allée faire les courses, mais comme j'avais oublié les remèdes de Mère, j'ai été obligée de redescendre...

Pleine de honte et de remords, Marjorie écoutait, tête baissée, incapable de réprimer un frisson quand, à la fin de son énumération, Pauline tournait vers elle ses grands yeux vitreux au fond desquels paraissait se cacher une lueur d'ironie amère.

Marjorie se serait sentie moins coupable si elle avait pu se quereller ouvertement avec sa sœur. Mais avec Pauline, c'était impossible. Si on s'excusait auprès d'elle d'avoir manqué une visite, elle disait simplement : « Ce n'est rien. Tu fais ce que tu veux ». Si on lui demandait des nouvelles de sa santé, elle vous répondait : « Je vais très bien. Laisse-moi tranquille. » Si on s'excusait auprès d'elle d'avoir à s'occuper d'une famille, alors on n'obtenait aucune réponse – a moins qu'un regard lourd de mépris puisse être considéré comme une réponse. Dans ces conditions, Marjorie se sentait incapable – pour le moment, tout au moins – d'entreprendre Pauline sur son ami médecin.

Pourtant, une semaine plus tard, l'occasion se présenta à elle. En entrant dans le salon ce jour-là, elle vit tout de suite que Mère était bouleversée : les lèvres pincées, la vieille dame ne cessait de regarder Pauline d'un air de dignité outragée. Pauline faisait comme si de rien n'était, résolue à ne pas laisser une seconde Mère et Marjorie en tête à tête, bien qu'elle se rendît parfaitement compte que sa mère n'attendait que cela. Heureusement pour Mère, le blanchisseur sonna à trois heures et un problème de taie d'oreiller manquante retint Pauline cinq bonnes minutes à la porte.

– Cet homme est revenu hier soir, Marjorie, chuchota Mère. Il m'a grondée, Marjorie, il m'a dit des choses afffreuses.

– Que veux-tu dire, Mère?

– Oh, chérie, j'espère qu'elle ne va pas revenir tout de suite. Je l'ai entendu parler l'autre soir, vers dix heures. Pauline m'avait apporté un verre d'eau mais je n'arrivais pas à dormir, j'avais trop chaud. Alors je l'ai appelée pour lui demander de retirer l'édredon. J'ai dû sonner plusieurs fois avant qu'elle n'arrive, et du coup je me suis un peu énervée. – Mère renifla et eut une sorte de hoquet. – C'est à ce moment-là que cet homme, ce médecin, est entré dans ma chambre et s'est mis à me houspiller.

– Mais que t'a-t-il dit?

– Il a été très dur, Marjorie, très impertinent. J'aurais voulu que tu l'entendes, que tu sois là pour me défendre. Pauline, elle, n'était pas là; il n'y avait que lui, qui me criait après...

– Qu'a-t-il *dit*? répéta Marjorie, stupéfaite.

– Ce n'est pas parce qu'il est médecin qu'il... Un médecin n'a pas le droit de dire n'importe quoi à des gens qui ne sont pas ses patients, tu ne trouves pas?

– Mère, s'il te plaît, réponds-moi avant que Pauline ne revienne.

– Il a dit que je ne me rendais pas compte de la chance que j'avais, que j'étais égoïste et accapareuse, que c'était ma faute si ma fille avait fait une dépression nerveuse, que si je n'arrêtais pas de la déranger la nuit elle retomberait malade... Oh, Marjorie, c'était affreux. Il a continué comme ça sur ce ton autoritaire, si bien qu'à la fin je me suis mise à pleurer. J'ai cru un instant qu'il allait me frapper, mais il est resté sur le seuil, le dos à la lumière, à me menacer du doigt et...

– Seigneur! dit Marjorie.

Cette fois, elle allait être obligée de parler à Pauline. Elle soupira. Pourquoi avait-il fallu que cela arrive? Non pas qu'elle se souciât outre mesure de ce qu'on pouvait dire à sa mère : ça lui faisait le plus grand bien de s'entendre dire ses quatre vérités. Qu'on se permette, en revanche, de mettre l'accent sur des choses évidentes dont Pauline elle-même n'avait probablement pas conscience, voilà qui était inadmissible... Elle sortit dans le hall et intercepta Pauline, qui venait d'en finir avec le blanchisseur.

– Mère ne parle que de ça depuis ce matin, maugréa Pauline.

– Sans vouloir te critiquer, je trouve que tu ne devrais pas permettre à des... des étrangers de bouleverser Mère.

Pauline laissa tomber le lourd panier à linge sur la table de la cuisine. Elle paraissait encore plus fatiguée que d'habitude. Sa peau était marbrée, comme si le manque de sommeil et de détente y avaient laissé des traces visibles. Elle haussa les épaules.

– Tu la crois? Tu prends tout ce qu'elle dit pour parole d'évangile.

– Tu veux dire que cette histoire est de l'invention pure et simple?

– Exactement, répondit Pauline d'un ton laconique, en mettant de l'eau à chauffer dans la bouilloire. Elle devient complètement sénile.

– Mère n'a jamais eu aucune imagination. Elle l'a entendu, elle l'a *vu*!

– Elle n'y voit rien ou presque, rétorqua Pauline. C'était un rêve.

L'espace d'un instant, Marjorie eut la certitude qu'elle mentait. Mais avec Pauline, on ne pouvait jamais savoir. Après tout, il était fort possible que Mère, âgée de plus de quatre-vingts ans et à moitié aveugle – et peut-être sénile, comme le disait Pauline – ait pris un rêve pour la réalité. Marjorie se demanda si ce n'était pas la voix de sa conscience que Mère avait entendue. D'accord, c'était une explication tirée par les cheveux, mais si ça pouvait être la bonne! L'autre explication était trop désagréable à envisager.

Ce soir-là, George formula clairement l'autre explication.

– La vieille Pauline a toujours été une cachottière. Je vois très bien où elle veut en venir. Elle garde son petit ami en réserve jusqu'à ce qu'il ait fait sa déclaration.

– Oh, George, non! Tu sais, elle a eu l'air très bizarre quand je lui ai parlé de lui. Je suis inquiète, George... Après la scène que cet homme a faite à Mère, il n'acceptera certainement pas de la prendre chez lui si jamais il épouse Pauline.

Ce nouveau souci causa une telle migraine à Marjorie qu'elle dut téléphoner à Mère pour annuler sa prochaine visite. Une voix d'homme lui répondit.

– Excusez-moi, dit Marjorie, j'ai dû me tromper de numéro. Je voudrais parler à Miss Needham.

– Miss Needham prend un repos bien mérité. – La voix était profonde, cultivée, autoritaire. – Seriez-vous Mrs. Crossley, par hasard?

Dans un murmure, Marjorie répondit que oui. Abasourdie, elle n'eut même pas l'idée de demander des nouvelles de sa mère ni le nom de son interlocuteur. D'ailleurs, elle se souciait fort peu de la réponse à la première question et connaissait déjà la réponse à la seconde. En outre, l'autre s'était lancé dans un flot d'invectives, sans lui laisser le temps de parler.

– Mrs. Crossley, en tant que médecin, je ne pense pas outrepasser mes droits en vous déclarant qu'à mon avis, votre attitude face à cette situation est parfaitement irresponsable. Je suis heureux d'avoir l'occasion de vous le dire. Il serait peut-être temps que vous preniez la relève de votre sœur et que vous vous occupiez à votre tour de Mrs. Needham.

– Je... je ne... bredouilla Marjorie, foudroyée.

– Non, vous ne vous en rendez pas compte, je sais bien. Vous ne vous êtes sans doute pas donné la peine de réfléchir aussi loin. Votre mère est une femme très exigeante et très égoïste, Mrs. Crossley. Je lui ai parlé moi-même, quoique je sache par expérience qu'il est inutile de dire leurs quatre vérités à des personnes de son âge et de son tempérament.

Ainsi, c'était vrai. Marjorie sentit monter en elle une rage froide contre Pauline.

– Je pense que c'est là le rôle du médecin de ma mère, dit-elle avec humeur. Je ne vois pas ce qu'un étranger...

– Un *étranger*? – Sans le vouloir, elle avait dû lui décocher une insulte particulièrement blessante. – Je suis un ami intime de votre sœur, Mrs. Crossley; son seul véritable ami, peut-être. Alors je vous en prie, ne le prenez pas sur ce ton. Et si vous avez un tant soit peu d'affection pour votre sœur, je suis sûr que...

– Je ne veux pas parler de cela, cria presque Marjorie, les joues en feu. Ceci ne vous regarde pas, et je ne veux pas en discuter.

Elle rapporta à George cette conversation téléphonique.

– Il a dit qu'il était son seul véritable ami. Ils ont bien préparé leur coup, George. Il a l'intention de l'épouser, mais il veut d'abord se débarrasser de Mère. Il va me la coller sur le dos et... Oh, George, qu'est-ce que je vais faire?

Pour commencer, ne plus voir Mère ni Pauline.

Marjorie fit durer sa migraine jusqu'aux deux visites suivantes, après quoi elle s'inventa une grippe dont elle finit par éprouver réellement les symptômes. Bien entendu, il lui fallut téléphoner pour expliquer ce qu'il en était. Ce fut d'une main tremblante qu'elle composa le numéro, effrayée à l'idée de tomber sur le terrible médecin. Mais ce fut Pauline qui répondit, plus sèche que jamais. Marjorie ne fit aucune allusion au médecin, quoiqu'elle eut l'impression, juste avant de raccrocher, de l'entendre parler à Mère.

En fin de compte, ce furent George et Brian qui allèrent rendre visite à Mère. Lorsqu'ils rentrèrent, Marjorie, frileusement blottie dans son lit, s'évertuait à faire monter le mercure du thermomètre au-dessus de trente-neuf degrés en l'enterrant dans sa couverture chauffante.

Ils n'avaient pas vu l'ami de Pauline, mais déclarèrent que Nanny était visiblement sous son charme : elle n'avait pas cessé d'en parler, malgré Pauline que cela paraissait irriter.

– Il a un nom à consonance russe, expliqua George.

Mais il fut incapable de se le rappeler. Là-dessus, Brian se mit à débiter un tas d'absurdités à propos de chiens, de réflexes et d'un tas d'autres choses que Marjorie ne parvint pas à suivre.

– Il habite l'une des grandes maisons de Campden Hill, à Kensington. Il a une grosse pratique là-bas. Pauline a justement travaillé dans l'une de ces maisons comme infirmière, il y a quelques années. Amusant, comme coïncidence, non?

Marjorie ne voulut pas entendre parler de coïncidence.

– Va-t-il l'épouser?

– Si on en croit Nanny, ça paraît bien parti.

– Que veux-tu dire?

– Ben... Profitant de ce que tante Pauline était sortie préparer le café, Nanny nous a expliqué qu'il n'arrêtait pas de dire que sa fille était charmante, intelligente et tout et tout.

– Nanny a dû changer. Elle n'a jamais eu un mot tendre pour ta tante.

– Elle *a* changé, dit George. Elle se déclare tout à fait favorable à ce que Pauline s'en aille mener sa vie et qu'elle vienne habiter avec nous. Le Dr je-ne-sais-comment lui a dit que ce serait une bonne idée. Et je dois dire, Marje, qu'à long terme c'est la meilleure solution. Si Nanny vendait sa maison et nous versait un peu d'argent pour que nous fassions ajouter une aile...

– En plus, j'entre à l'université à l'automne, intervint Brian.

– Non, non et non! hurla Marjorie. Personne ne pourra me forcer à la prendre ici!

Pendant quelque temps, personne n'essaya. Marjorie prolongea sa maladie aussi longtemps qu'elle le put, en la corsant de douleurs dans le dos et de vagues symptômes de ménopause. Mère ne se servait jamais du téléphone, et Marjorie aurait pu compter sur les doigts d'une main le nombre de fois où Pauline lui avait téléphoné au cours des deux dernières années. A présent, il n'y avait plus aucune communication entre les deux maisons. Marjorie se remit à sortir, en prenant soin d'éviter les alentours de chez Mère. Quant à son mari et ses enfants, désireux sans doute de prévenir un nouvel accès d'hystérie, ils se gardèrent bien d'aborder le sujet de Nanny. Jusqu'au jour où George annonça :

– L'ami de Pauline, le médecin, m'a appelé au bureau.

– Je ne veux pas le savoir, George, dit Marjorie. Ce ne sont pas ses affaires. Je t'ai dit que je ne prendrais pas Mère ici, un point c'est tout.

– En fait, admit son mari, il m'a déjà téléphoné deux fois, mais je ne te l'ai pas dit pour ne pas te bouleverser.

– Je n'ai pas besoin de ça. Je suis malade.

– Non, rétorqua George avec une fermeté inattendue. Tu te portes comme un charme. Une femme malade ne pourrait pas manger tout ce que tu viens d'avaler. C'est Pauline qui est malade, Marje. Elle est à bout. Il me l'a dit avec le plus de ménagements possible, parce que c'est un type correct. Mais il est de notre devoir de faire quelque chose.

– N'importe quel mari, gémit Marjorie d'une voix remplie de larmes, serait reconnaissant à sa femme d'empêcher sa mère de vivre avec eux.

– Eh bien, je ne suis pas n'importe quel mari. Les contraintes et les dépenses supplémentaires ne me dérangent pas. Nous nous y mettrons tous, y compris Brian et Sue. *C'est notre tour,* Marje, il te faut comprendre cela. Pauline a tenu le coup deux ans. Le docteur a dit qu'elle fera une nouvelle dépression si nous n'intervenons pas, et Dieu sait quelles pourront en être les conséquences.

– Vous êtes tous contre moi, sanglota Marjorie. Il doit bien lui rester des pilules du temps où elle était infirmière, de la morphine ou je ne sais quoi. Après tout, l'euthanasie, ce n'est pas fait pour les chiens! Il devrait exister un moyen de mettre fin au calvaire de malades comme Mère.

Il la regarda, les yeux plissés.

– Il n'y en a pas. Peut-être les chiens ont-ils plus de chance que les humains; là n'est pas la question. Nous sommes le seul recours; tu ferais donc aussi bien de laisser tomber les grandes eaux et de te faire à cette idée.

Elle eut alors une vision de l'enfer qu'allait devenir sa vie. Il faudrait des mois à Mère pour vendre sa maison, encore des mois pour faire ajouter une aile à la leur... D'ailleurs, une fois les travaux terminés et Mère installée, les choses seraient tout aussi difficiles. Mais que dire d'avant...! Sa salle à manger serait transformée en chambre à coucher, il lui faudrait perdre toutes ses soirées à mettre Mère au lit, et les nuits seraient encore pires qu'à l'époque où Brian et Susan étaient bébés. Elle n'avait plus vingt ans – ni même trente. Il faudrait baisser le son du téléviseur dès que Mère serait couchée, elle n'aurait plus le loisir de faire les magasins quand elle en aurait envie, et il ne serait plus question de passer un après-midi de temps en temps au cinéma. Marjorie se demanda si elle aurait le courage de se jeter dans l'escalier, de se casser une jambe pour bien faire comprendre aux autres qu'il était hors de question que Mère vienne s'installer avec eux. Oui, mais si jamais elle se brisait le cou?...

Pendant ce temps-là, Pauline mènerait la belle vie dans les splendeurs de Campden Hill avec son nouveau mari, un homme riche, cultivé et important. Elle organiserait des réceptions, voyagerait à l'étranger... Non, ça ne se passerait pas ainsi. Marjorie n'aurait peut-être pas le courage de se jeter dans l'escalier, mais elle pensait être assez brave pour aller de ce pas affronter Pauline et lui dire *Non*. Non, non et non! Prends ça et mets ton mouchoir par-dessus. Fais une dépression, une crise d'hystérie, deviens folle, meurs si tu veux... C'est ça, meurs avant que je ne gâche ma vie pour toi!

Bien entendu, elle ne lui présenterait pas les choses ainsi. Elle se montrerait douce mais ferme. Elle irait jusqu'à proposer à Pauline de tenir compagnie à Mère de temps en temps, de façon à lui permettre de sortir. Elle était prête à tout, sauf à accepter une prise en charge complète qui la prendrait au piège comme Pauline avait été prise au piège.

Les choses ne se passent jamais comme on les a imaginées. Lorsque Marjorie se présenta enfin chez Mère, elle s'attendait à trouver une Pauline pleine de rancœur ou harassée par des préparatifs de mariage. Elle s'attendait à trouver Mère inquiète des perspectives de changement dans sa vie. Surtout, elle était persuadée que les deux femmes lui en voudraient de sa longue absence. Pourtant, Mère fut tout ce qu'il y a de plus naturelle : contente de la voir, désireuse de rester seule avec elle pour lui chuchoter à l'oreille ses petites confidences, anxieuse de savoir si elle allait mieux. Ses yeux presque aveugles scrutaient le visage de Marjorie, à la recherche du moindre signe de fatigue.

Pauline, elle, n'avait pas du tout l'air d'une future mariée. Elle était plus maigre que jamais et son visage creusé d'ombres faisait penser à une momie égyptienne. Marjorie la suivit dans la cuisine quand elle se leva pour aller préparer le thé. Après avoir rassemblé son courage, elle dit :

– Alors Pauline, comment ça s'est-il passé?

– Bien. Toujours pareil.

Quoique Marjorie ne lui eût posé aucune question, Pauline enchaîna :

– Mère m'a fait lever quatre fois cette nuit. Elle est tombée dans le couloir et j'ai dû la traîner jusqu'à son lit. Le blanchisseur n'est pas venu, si bien que j'ai dû laver les draps moi-même. Ce n'est pas facile de les faire sécher quand il pleut comme aujourd'hui.

– Je me suis dit... je pourrais peut-être venir deux soirées par semaine tenir compagnie à Mère pour te permettre de sortir. Je pourrais aussi te prendre du linge pour le laver dans ma machine... D'ailleurs, tant qu'à faire, je pourrais prendre tout, chaque semaine.

Pauline haussa les épaules.

– Comme tu voudras.

– C'est bien joli de dire ça, grogna Marjorie en essayant d'adopter le diapason voulu, mais si tu te plains tout le temps, que veux-tu que je fasse?

– Je ne me plains pas.

– Toi, peut-être pas, mais il y en a d'autres... Tu sais de qui je veux parler. Je ne peux pas faire comme si ces interventions extérieures n'existaient pas.

– Je n'appellerais pas un mari une « intervention extérieure ».

Sur le moment, Marjorie crut que Pauline faisait allusion à George. Lorsqu'elle comprit ce que sa sœur voulait dire en réalité, elle recouvra toute son assurance et attaqua avec vigueur.

– Autant te mettre ça dans la tête une fois pour toutes, Pauline : Mère ne viendra pas habiter avec nous. Je suis prête à accepter n'importe quoi, sauf ça. C'est absolument hors de question.

Pauline ne répondit pas. Elles burent leur thé en silence. Marjorie ne s'était jamais sentie aussi mal à l'aise de toute sa vie. Sur le palier, au moment de partir, elle dit :

– Tu ferais mieux de me dire quels soirs tu veux que je te remplace, et à quel moment tu veux que George vienne chercher le linge avec la voiture.

– Pour moi, ça ne fait aucune différence, dit Pauline. Je suis toujours là.

Bien entendu, comme Marjorie s'en doutait, elle ne se donna pas la peine de téléphoner. Quel intérêt y avait-il à se présenter chez Mère un soir où Pauline n'aurait qu'une envie, rester cloîtrée chez elle avec son médecin?

– Nous n'aurons pas besoin de prendre Mère avec nous, annonça-t-elle à George. C'est définitif. Je me suis arrangée avec Pauline. Elle est tout à fait capable de s'en sortir si je l'aide un peu.

– Ce n'est pas ce que je me suis laissé dire.

– C'est ce que je te dis, *moi.* – Marjorie n'aimait pas cette façon qu'avait George de la regarder ces derniers temps, avec un air de reproche mêlé de dégoût. – Elle a fait la lessive pour cette semaine, et la semaine prochaine le blanchisseur s'occupera des draps et du gros linge. Nous pourrions y aller vendredi et prendre les affaires à laver pour les mettre dans ma machine.

Ainsi, le jeudi, Marjorie téléphona à Pauline pour la prévenir de leur venue. Elle l'appela le matin, pour être bien sûre de ne pas tomber sur l'homme; les médecins n'ont pas le temps de faire des mondanités au téléphone le matin. Ce fut Pauline qui répondit.

– D'accord. Demain si tu veux.

– C'est si *tu* le veux, Pauline, dit Marjorie tout en pensant que sa sœur aurait pu au moins la remercier.

Elle ajouta qu'ils viendraient vers sept heures. Mais comme à sept heures George n'était toujours pas rentré, Marjorie appela chez sa mère. Maintenant, ça n'avait plus d'importance si c'était *lui* qui répondait. Ça lui montrerait qu'elle n'était pas la créature indifférente qu'il se plaisait à voir en elle. Ce fut lui qui répondit. Et il fut parfaitement poli : Mr. et Mrs. Crossley ne pourraient pas être là avant huit heures et demie? Ce serait parfait. Ainsi il aurait enfin le plaisir de faire leur connaissance.

– Nous allons enfin voir la tête qu'il a, dit Marjorie à George lorsqu'il arriva. Mais n'oublie pas : je te demande de me soutenir s'il est encore question de prendre Mère ici. L'union fait la force.

La maison de Mère était plongée dans l'obscurité.

Fait inhabituel, le hall ne s'alluma pas lorsque Marjorie sonna à la porte. Elle sonna de nouveau, puis George essaya à son tour.

– Tu as une clef? demanda-t-il.

– Dans mon sac. Oh, George, tu ne crois pas...? Je veux dire...

– Que veux-tu que j'en sache? Ouvrons d'abord cette porte.

Il n'y avait personne dans le hall ni dans aucune des pièces du rez-de-chaussée. Après avoir fait la lumière, Marjorie entreprit de gravir l'escalier, suivie de George. A mi-hauteur, elle entendit une voix d'homme, qui parlait avec douceur et autorité. La voix provenait de la chambre de Mère, dont la porte était entrouverte.

– C'était la seule chose à faire, Pauline. J'en ai mis deux cents milligrammes dans son verre de lait. Elle n'a pas souffert. Elle est simplement endormie, Pauline.

Marjorie laissa échapper une plainte étouffée. Elle se cramponna au bras de George, qui se dégagea et poursuivit son ascension. Alors, de nouveau, elle entendit la voix, répétant les mêmes mots sur le même ton apaisant, hypnotique.

– J'en ai mis deux cents milligrammes dans son verre de lait. Elle n'a pas souffert. C'était le seul moyen. Je l'ai fait pour toi, Pauline, pour nous...

George ouvrit toute grande la porte de la chambre. Mère était allongée sur le dos, son pâle visage cireux figé dans la mort, ses yeux vides grands ouverts. Hormis Pauline, il n'y avait personne d'autre dans la pièce.

A leur entrée, Pauline se leva et leur adressa un bref signe de tête. Puis, avec dignité, elle posa ses doigts sur les yeux de Mère et abaissa les paupières. Paralysée de terreur, Marjorie observait la scène comme si elle se trouvait en présence d'un phénomène surnaturel. Pauline se retourna et s'avança vers eux, la main tendue.

D'une voix profonde, cultivée et autoritaire, une voix adoucie par la compassion pour les parents de la défunte, elle dit :

– Comment allez-vous? Je suis le Dr Pavlov. Il est navrant que nous nous rencontrions en des circonstances aussi dramatiques, mais...

Marjorie hurla.

# Les Reines du Crime

Nouvelles venues ou spécialistes incontestées, les grandes dames du roman policier dans leurs meilleures œuvres.

**ALLINGHAM Margery**
2147 La mode est au linceul
2170 Des fleurs pour la couronne

**ARMSTRONG Charlotte**
2074 Et merci pour le chocolat
1740 L'étrange cas des trois sœurs infirmes

**BACHELLERIE**
1795 Pas de quoi noyer un chat *(Prix du Festival de Cognac 1981)*
1796 Il court, il court, le cadavre

**BARNES L.**
2126 Le blues de Miss Gibson
2193 Loin des yeux...

**BLACKMON Anita**
1956 On assassine au Mont-Lebeau

**BRANCH Pamela**
2131 Un lion dans la cave
2161 Comme un lundi...

**BRAND Christianna**
1877 Narcose

**BROWN Rita Mae**
2186 Morceaux choisis...

**CANNAN Joanna**
1820 Elle nous empoisonne

**CHRISTIE Agatha**
*(86 titres parus, voir catalogue général)*

**CODY Liza**
2138 Promenons-nous dans les bois
2208 Tête de noix
2202 Video-Dupe *(nov. 94)*

**CORNWELL Patricia Daniels**
2092 Postmortem *(Prix du Roman d'Aventures 1992)*
2120 Mémoires mortes

**CURTISS Ursula**
1974 La guêpe

**DISNEY D.C. & PERRY G.**
1961 Des orchidées pour Jenny

**EEDY Clarice**
2165 Est-ce possible?

**GOSLING Paula**
1971 Trois petits singes et puis s'en vont
1999 L'arnaque n'est plus ce qu'elle était
2088 Pour quelques flics de trop
2111 Larmes fatales
2178 On assassine au Paradis

**HOWE Melodie Johnson**
2095 La monnaie de sa pièce

**HUGHES Dorothy B.**
2043 Voyage sans fin
2070 La boule bleue

**JAPP Andréa H.**
2044 La Bostonienne *(Prix du Festival de Cognac 1991)*
2119 Elle qui chante quand la mort vient

**JAPP Andréa P.**
2118 La petite fille au chien jaune
2166 C.S. Meurtres

**JONES Cleo**
1879 Les saints ne sont pas des anges

**KALLEN Lucille**
1836 Quand la souris n'est pas là...

**LANGTON Jane**
2037 Le poète meurt toujours deux fois

**LAWRENCE Hilda**
2160 Jeux de mains
2201 Le chien du manoir

**LONG Manning**
1831 On a tué mon amant
1988 Aucun délai

**McCLOY Helen**
1841 En scène pour la mort
1855 La vérité qui tue
2067 La vierge au sac d'or
2079 Celui qui s'échappa

**McDERMID Val**
2173 Le dernier soupir

**MILLAR Margaret**
1928 Le territoire des monstres
1994 Rendons le mal pour le mal
1996 Des yeux plein la tête
2010 Un doigt de folie

2151 Et vous me trouverez bien mort
2187 Omelette canadienne

**NATSUKI Shizuko**

1959 La promesse de l'ombre
*(Prix du Roman d'Aventures 1989)*
2039 Hara-Kiri, mon amour

**NIELSEN Helen**

1873 Pas de fleurs d'oranger

**PARETSKY Sara**

2103 Qui s'y frotte s'y brûle
2136 Sous le feu des protecteurs
2148 Une médecine pas si douce
2182 Un clergé pas très régulier

**RADLEY Sheila**

2058 A tous les coups l'on perd

**RENDELL Ruth**

1501 Fantasmes
1521 Le pasteur détective
1532 L'Analphabète
1563 L'enveloppe mauve
1589 Etrange créature
1601 Le petit été de la Saint-Luke
1616 Reviens-moi
1629 La banque ferme à midi
1640 Un amour importun
1649 Le lac des ténèbres
1661 L'inspecteur Wexford
1688 Le maître de la lande
1718 La fille qui venait de loin
1747 La fièvre dans le sang
1815 Morts croisées
1866 Les corbeaux entre eux
1951 Une amie qui vous veut du bien
1965 La danse de Salomé
1978 La police conduit le deuil
1989 La maison de la mort
2000 Le jeune homme et la mort
2015 Meurtre indexé
2036 Les désarrois du Professeur Sanders

**RICE Craig**

1835 Maman déteste la police
1862 Justus, Malone & Co
1899 Malone cherche le 114
1962 Malone met le nain au violon
2167 Malone à Manhattan

**RUTLEDGE Nancy**

1830 La femme de César

**SAINT-CLAIR Valérie**

2156 Sous l'épée de Damoclès

**SIMPSON Dorothy**

1852 Feu le mari de madame

**TEY Josephine**

2094 Jeune et innocent
2137 En trompe l'œil
2179 Le monogramme de perles

**THOMSON June**

1857 Finch se jette à l'eau
1948 Dans la plus stricte intimité
1995 Bouillon de minuit
2153 Les carnets secrets de Sherlock Holmes

**UHNAK Dorothy**

2093 Le Registre
2109 La main à l'appât
2152 Un très mauvais souvenir
2197 Témoin à décharge *(oct. 94)*

**ULLMAN A. & FLETCHER L.**

2075 Raccrochez, c'est une erreur
2207 L'homme de la nuit *(déc. 94)*

# Les Intégrales du Masque

**BUCHAN John**
tome 1

**CARR J.D.**
tome 1 - Dr Fell 1 1933-1935
tome 2 - Dr Fell 2 1935-1939
tome 3 - Merrivale 1

**CHRISTIE Agatha**
tome 1 - Les années 1920-1925
tome 2 - Les années 1926-1930
tome 3 - Les années 1930-1933
tome 4 - Les années 1934-1935
tome 5 - Les années 1936-1937
tome 6 - Les années 1938-1940
tome 7 - Les années 1940-1944

**DELACORTA**
tome 1

**DEMOUZON**
tome 1

**EXBRAYAT**
tome 1 - Les Imogène
tome 2 - Les Tarchinini
tome 3 - Le tour d'Europe

**GOODIS David**
tome 1
tome 2

**HIGGINS Jack**
tome 1

**HITCHCOCK Alfred**
tome 1

**MORTON Anthony**
tome 1 - Le Baron 1
tome 2 - Le Baron 2

**RENDELL Ruth**
tome 1 - Les Wexford
tome 2 - Les années 1965-1979
tome 3 - Les Wexford/2

**RICE Craig**
tome 1

**STEEMAN**
tome 1
tome 2
tome 3

**VÉRY Pierre**
tome 1
tome 2

« Composition réalisée en ordinateur par IOTA »

IMPRIMÉ EN FRANCE PAR BRODARD ET TAUPIN
Usine de La Flèche (Sarthe).
ISBN : 2 - 7024 - 1986 - 0
ISSN : 0768 - 1070

H 52/0497/9